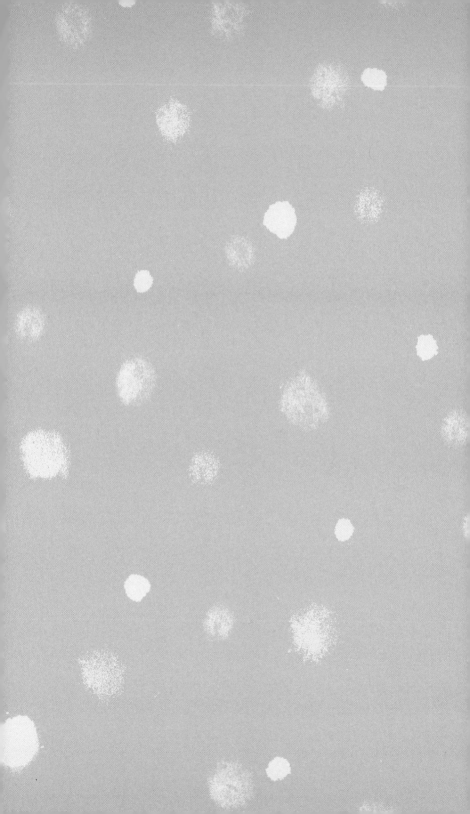

사랑한다
사랑하지 않는다

사랑한다 사랑하지 않는다

지은이 김성원
펴낸이 안용백
펴낸곳 (주)넥서스

초판 1쇄 발행 2007년 12월 20일
초판 4쇄 발행 2008년 2월 20일

2판 1쇄 발행 2011년 2월 20일
2판 3쇄 발행 2011년 4월 20일

출판신고 1992년 4월 3일 제311-2002-2호
121-840 서울시 마포구 서교동 394-2
Tel (02)330-5500 Fax (02)330-5555

ISBN 978-89-5797-524-4 03810

www.nexusbook.com
넥서스BOOKS는 (주)넥서스의 실용 브랜드입니다.

사랑한다 사랑하지않는다

김성원 지음

사랑에 대한
설레고 가슴 아픈 이야기

넥서스BOOKS

사랑을 원하는 마음이… 사랑을 발견하게 만듭니다.

들리나요? 내 심장소리, 보이나요? 내 마음…
어느 날 문득 사 랑 이….

sift
dust
the
Rai

입맞춤

forget
Rhythm

그녀는 긴 머리를 단정하게 묶고
모차르트의 '레퀴엠'을 듣기 위해 공연장을 간 적이 있습니다.
아르농쿠르의 지휘로 모차르트를 들을 수 있다는 사실은
그야말로 꿈과 같은 일이었습니다.
오래 전 그것은 일어날 수 없는 꿈이었지만, 어느새 일어나고야 말았죠.
기나긴 터널을 지나 저 멀리 빛이 보이는 곳에서….

그녀는 사랑에 빠진다는 것 역시 꿈과 같은 일이라고 생각했죠.
사랑은 자존심과 열정 사이를 오가는 롤러코스터와 같았어요.
완전한 사랑은 불완전한 인간이 꿈꿀 수 있는 것은 아니었습니다.
사랑은 로맨틱 코미디의 시나리오였고
현실은 스크린에서 영화가 끝난 후부터 일어나는 일들이었으니까요.
그녀가 볼 때, 사랑은 모두 몇 개의 코드로 이뤄진
비슷한 멜로디의 변주 같았습니다.

어느 날 설레고 반하고 두근거리다가 빠져들고
저항할수록 헤어나지 못하다가 하나 둘 잃는 것이 생기고
그러다가 다시 제자리로 돌아와서
'이렇게 힘든 건 사랑이 아닐 거야, 차라리 혼자가 나아'
하고 중얼거리는 것이 사랑이었죠.

사람들은 자신이 잘 모르는 것에 대해선
'그런 건 없어' 라고 말하죠.
그래서 그녀도 '사랑은 없어'라고 말했습니다.
사랑은 운명도, 계산도 아니고
장미 같은 도취도 아니고, 안개꽃 같은 한숨도 아니었습니다.

그러던 어느 날 행운의 복권에 당첨되었습니다.
그것은 '사랑을 만나는 행운'을 얻는 복권이었죠.
그녀는 끝없는 미로를 지나 괴물이 살고 있는 궁전에 도착했습니다.
그 괴물은 눈이 아주 많았는데, 괴물의 눈은 모두 다른 곳을 바라보고 있었죠.
그 중에 한 눈이 그녀를 쳐다보면서 그녀에게 물었어요.
"내가 누군지 궁금하다고 했나? 내가 사랑이야."
그녀는 긴 시간 동안 사랑을 인터뷰할 수 있었습니다.
그녀는 그 이야기들을 치맛단 안에 적어놓았다가
집에 와서 노트북에 옮겨 적었습니다.
이 이야기들은 그렇게 탄생했습니다.

이야기는 듣는 사람의 마음을 보듬어줍니다.
이 이야기가 사랑이 아직 오지 않은 사람에게는
사랑을 부르는 주문이 되었으면 합니다.
사랑을 잃고 절망한 사람에게는
다시 한 번 사랑을 꿈꿀 수 있는 희망이 되었으면 합니다.
사랑이 없다고 말하는 사람에게는 따뜻한 수프가 되었으면 합니다.

이야기 속에서 한 사람이 나와 그 사람과 같이 수프를 먹기 위해
식탁에 앉을 것입니다.
가장 아름다운 가구는 식탁이라고 하니까요.
식탁에 앉았을 때 사람들은 제일 눈을 많이 마주치게 되고,
그래서 식탁에서 사랑이 제일 많이 커간다고 하거든요.
우리, 식탁에 앉아서 이야기해요.

사랑에 빠지지 않는다면, 인생은 무엇으로 빛날 수 있을까요?
사랑 때문에 앓지 않는다면,
잠에서 깨 눈을 뜬 후 무엇을 떠올릴 수 있을까요?
사랑을 잃지 않았다면, 저녁놀이 내릴 때마다
가슴이 무너지는 경험을 어떻게 해볼 수 있을까요?
카트를 끌고 마트를 돌아야 하는 이 지루한 일상 속에서
우리는 단 하나의 희망인 사랑에 대해 생각합니다.

자, 마음엔 무엇을 담을까요?

베이글을 반으로 자르는 동안,
브로콜리 크림 수프가 식기 전에

우리는 아름다운 사랑에 빠질 거라는 믿음.

감사드려요.

당신은 전설이었어요, 유희열

널 알게 돼서 얼마나 다행인지, 내가 진지하게 사랑하는 호란

어쩜 그렇게 잘 쓰죠? 그리고 축하해요, 이적

김치찌개 좀 먹어보자고요, 멋쟁이 봉태규

늘 마음속에 있는 춘천 댁, 이자람

눈 속에 은하수를 담은 문지애

저에게는 영광의 나날들이었어요, 문세 오빠

정말 이래도 되는 거니? 넌 도대체 흠이 없잖아, 성시경

언제나 언니처럼 격려해주신 강 차장님,

그리고 이 책을 어머니와 W에게 바칩니다.

2007년 겨울

김성원

SCENE 01

어느 날 문득 사랑이

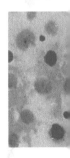

SCENE 03

우리는 언제
헤어지는 걸까

SCENE

04

사랑, 또다시
널 만날 수 있을 까

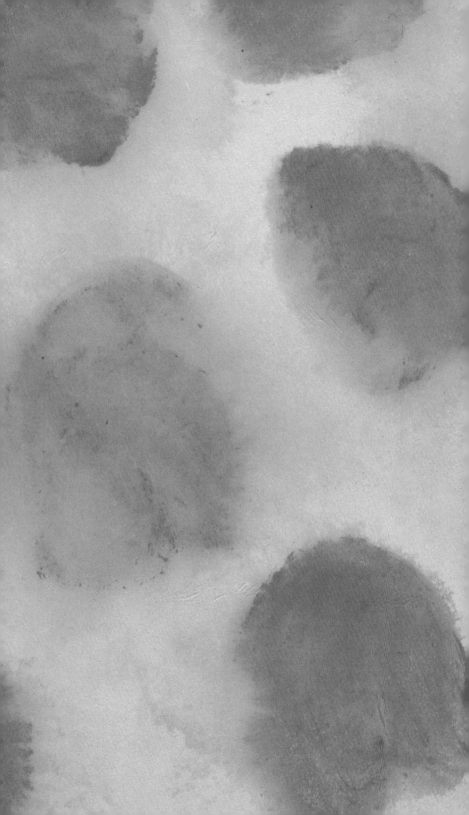

버스를 기다리며 우산을 들고 버스 정류장에 서 있었습니다.
'혹시 이번일까' 하고 고개를 내밀어 버스 문이 열릴 때마다
내려오는 사람들을 찬찬히 살폈습니다.
하지만 와야 할 것은 오지 않고 시간만 흘러갔습니다.
그런데 어느 날, 크고 뚱뚱한 녀석이 우산을 들고
소녀 옆에 서 있는 것이었어요.
"너, 토토로잖아! 여긴 웬일이야?"
그랬더니 그 녀석이 손가락을 입에 대고 '쉬~' 하는 거예요.
소녀는 조용히 우산을 쓰고 그 녀석과 나란히 서 있었습니다.
기다림이 견딜만해졌습니다.
시간이 한참 흐른 후에 드디어 그것이 내렸습니다.

'사랑'이었죠.

SCENE 01

어느 날 문 득 사 랑 이

내게만 보이는 당신

소개팅의 시작은 평범했다.

그녀가 전달받은 이름을 대자 데스크 직원은 그녀를 정면에 보이는

테이블로 안내했다. 그곳엔 다리가 긴 한 남자가 자리에 앉아 있었고,

그녀는 첫인상이 마음에 썩 들진 않았지만 점점 다가갈수록 궁금증이 커져

그대로 집으로 돌아갈 수 없다고 생각했다.

왜냐하면 그의 머리 위엔 작은 구름이 하나 있었던 것이다.

얼핏 보기에는 롯데월드에서 파는 솜사탕처럼 생겼지만

그의 머리 위에 둥둥 떠 있었기 때문에 분명히 구름이었고

그것은 구름이 하늘에서 그렇듯이

조금씩 공기의 흐름에 따라 움직이고 있었다.

그녀는 그에게 다가가자마자, 구름을 조금 떼어 맛을 봤다.

역시 솜사탕과 같이 한입 가득 베어물어도

결국에는 입 안에서 한 방울의 즙으로 남아 사라지고 마는 허무의 맛이 났다.

그것은 오히려 비의 맛이었다.

그녀를 지켜보던 그는 깜짝 놀라더니 이렇게 말했다.

"이게 보여요?"

그녀는 그렇다고 말했고, 그는 재미있다는 듯이 빙글빙글 웃었다.

"이게 보이는 사람은 나밖에 없는 줄 알았는데, 이거 반갑네요."

그녀는 그에게 물었다.

"당신은 언제부터 구름을 머리 위에 달고 다니게 됐어요?"

그러자 그는 기분 좋은 얼굴로 이렇게 대답했다.

"사실은 제게 아주 슬픈 일이 있었는데, 그 이후로 구름이 나타났어요.

아무리 울적해도, 구름만 보면 기분이 좋아져요. 신기하죠?
세상에는 논리적으로 설명할 수 없는 일이 많아요.
나는 이 구름을 보면서, 내 구름을 알아보는 사람과
사랑에 빠질 거라고 생각했어요.
…이제야 만났군요."

사랑에 빠진 사람은 열정을 바친 상대에게서
다른 사람 눈에는 보이지 않는 것을 홀로 발견하는 특권을 갖게 됩니다.
그것이 꼭 무지개일 필요는 없습니다.
무지개일 수도, 구름일 수도, 낯선 느낌일 수도 있습니다.
그것이 무엇이든, 사랑에 빠진 사람은 이런 시를 읊게 됩니다.
'당신 안에 있는 그것을, 나만이 볼 수 있다.'
누구나 현재의 사람이 진실한 사랑이길 원하니까.

연습은 필요 없어

얼굴 빨개지는 아이는 자라서 얼굴 빨개지는 어른이 되었다.
하지만 어른이 되면서 연습을 했다.
매일 10가지씩 민망한 상황을 상상하면서
얼굴 색깔을 하얗게 유지하는 방법을 깨쳤다.
그는 훈련 덕에 언제나 심각한 표정을 짓게 되었다.

그녀에겐 남들이 웃지 않을 때 혼자 웃는 버릇이 있었다.
그녀는 사람 표정에 나타나는 미묘한 차이를 발견하는 눈이 있었던 것이다.
그래서 그가 억지로 심각한 표정을 짓는다는 것을 단번에 알아냈다.
그것을 알고 난 후에는 그가 심각한 표정을 지을 때마다
주체하지 못하고 웃음을 터트렸다.
남자는 그때마다 또다시 얼굴이 빨개졌다.
그 동안 참았던 것이 한꺼번에 터지는 기분이었다.
그녀를 만난 뒤 그의 얼굴은 항상 불타는 노을이었다.
여자는 그것이 재미있어서 자주 웃게 되었다.
어느덧 여자는 남자를 사랑하게 되었다.
사람들이 그녀에게 묻곤 했다.
"당신 같이 아름다운 여성이 왜 그런 이상한 남자를 좋아하죠?"
그러면 그녀는 기쁨에 빛나는 얼굴로 이렇게 말했다.
그는 나에게 웃음을 주기 때문이에요.

멋진 프러포즈를 연습했던 남자가 있었습니다.

아이스크림 안에 반지를 넣어서 테이블로 갖고 오게 했죠.

하지만 여자는 반지를 삼켜버렸어요.

어떤 영화에 나오는 장면이었죠.

또 이런 것도 있어요.

가방 하나 들고 집을 나와버린 여자가 첫 눈에 반한 남자에게

"당신을 사랑해서 왔어요"라고 말하려는 순간,

배에서 '꼬르륵' 하는 소리가 났다는 거예요.

어느 소설에 나오는 장면입니다.

영화나 소설을 보기 전에도 우리는 알고 있었어요. 경험으로.

모든 연습을 헛되게 만드는 것이 사랑이라는 것을….

그녀가 손가락으로 달을 가리킨 순간

그녀가 손가락으로 달을 가리켰을 때
나는 달을 보지 않고 그녀의 외로움을 보았다.
그때가 내가 그녀를 사랑하게 된 순간이었다.
그녀가 내 마음을 모른다 해도 난 행복할 수 있다.
그게 사랑이라고 믿는다.
아무것도 바라지 않는 순수.
나는 그녀의 부속물이다. 그녀가 새끼손가락에 끼고 있는 5천 원짜리
이미테이션 반지이다. 비록 싸구려라고 불리지만
내 마음은 싸구려가 아니었다. 그녀를 사랑한 후부터.
언젠가 반지의 금칠이 벗겨지면, 지하철 역사의 쓰레기통에 버려질지라도
늘 그렇듯이 미소지을 수 있을 것이다.
한때 그녀와 가장 가까운 곳에 있었기 때문에….

이기적으로 살아야 한다고 말합니다. 그래야 행복한 법이라고.
그런데 때로는 이기적인 욕망을 희생할 줄 알아야 합니다.
기꺼이 그럴 수 있을 때, 그리고 대가를 바라지 않을 때, 더 큰 행복을 얻게 됩니다.
사랑이란 받아서 얻는 것보다 줌으로써 얻는 것이 더 많거든요.
모든 사랑은 짝사랑으로 시작해 짝사랑으로 끝납니다.
어쩌면, 사랑의 본질은 짝사랑일지도 모르죠.
사랑은 산수로는 계산되지 않는 것.

엘리베이터에서 만나다

그녀는 골치 아픈 세금 문제를 해결하기 위해 세무사를 만나러
가는 길이었다. 세무사를 만나 돈 얘기를 해야 한다는 사실만으로도
머리가 지끈지끈 아플 지경이었다. 그녀가 심란한 표정으로
빌딩의 엘리베이터를 탔을 때 텅 빈 엘리베이터 안에는
한 명의 남자가 말쑥한 정장차림으로 서 있었다.
한눈에 보기에도 눈에 띄는 수려한 용모를 가진 사람이었다.
그녀가 자신을 쳐다본다는 사실을 깨닫자 그는 수줍은 듯이
고개를 숙이며 이렇게 말했다.
"전 엘리베이터 보이입니다."
그리고 다음 순간, 엘리베이터가 멈췄다.
"비상벨은 눌렀어요?" 하고 그녀가 다급히 묻자 엘리베이터 보이는
그렇다고 대답했다. 두 사람은 구조반이 올 때까지 11층과 12층 사이에서
둥둥 떠 있을 수밖에 없었다.
그녀는 지금이야말로 대화가 필요한 순간이라고 생각해
그에게 무엇이든 물어보려고 했다.
"엘리베이터 보이는 뭘 하는 직업인가요?"
"쉽게 생각하세요. 엘리베이터 걸이 하는 일을 남자가 하는 거죠."
그는 엘리베이터 걸보다 훨씬 더 좋은 목소리를 가지고 있었다.
"이렇게 답답한 상황일 때는 좋았던 시절을 상상해보세요.
작년 여름에 당신이 보냈던 휴가 같은 거요.
당신은 태닝하면 보기 좋을 것 같군요."
그녀는 감았던 눈을 떠서 그를 보았다. '나도 그래서 태우는 거야.'
그는 에스프레소 안의 생크림 같은 목소리로 그녀에게 이야기를 하고 있었다.

"전 멋진 여성과 여름휴가를 보내고 싶어요. 당신처럼…
어때요? 혹시 저라도 괜찮겠어요?"
그녀는 크게 "O.K." 하고 박수를 쳤다.
엘리베이터는 다시 움직였고, 엘리베이터 보이는 인사를 하고
12층에서 내렸다. 그녀는 어딘가에 전화를 걸어 이렇게 말했다.
"잔액은 곧 입금할게요. 다음에도 멋진 남자로 부탁해요."
그녀는 가끔 주문형 연애 서비스 회사를 이용한다.
그녀가 이번에 택한 옵션은,
엘리베이터 안에서 멋진 남자와 단 둘이 갇히는 판타지였다.

사랑은 판타지에서 시작합니다. 하지만 사랑이 지속되려면
판타지가 현실로 이어지는 통로를 발견해야 합니다.
그 통로는 고대의 우주인들이 만든 미로이기 때문에
많은 사람들이 그 안에서 길을 잃습니다.
미로에서 길을 잃은 사람들은 괴물을 만나게 됩니다.
그 괴물은 더 이상 사랑을 믿지 않는 마음입니다.

9시 소음 ●

시계를 보지 않아도 9시였다. 위층에서 쿵쿵 울리는 소음이 시작되자마자
TV에서는 뉴스 데스크의 시그널이 들려왔다.
그녀는 커다란 대걸레 봉으로 천장을 쿵쿵 치는 상상을 하면서,
속으로 몇 마디 짧은 욕설을 웅얼거리며 잠자코 앉아 있었다.
만일 위층에 코끼리라도 살고 있으면
결말은 유혈참사보다 더 비극적인, 절대굴복이 될 테니까.
그래서 그날 밤 그녀는 풀지 못한 스트레스 덕분에
밤새 인터넷 쇼핑몰을 돌아다니다가 상품평이 무려 198개가 붙어 있는
헬스기구를 사고야 말았다.
며칠 후 물건이 도착했다. 현관에서 거실로 끌어올리는 데만도
삼손의 힘이 필요했다. 게다가 조립을 해야 했다.
여자에게 남자가 절실한 순간은 조립공이 필요할 때이다.
그 흔한 남자 하나 없던 그녀는 5시간 동안 80kg이 넘게 나가는 헬스 기구를
조립했다. 5시간의 노동을 통해 체중 2kg이 줄었다는 걸 알았을 때
그녀는 온라인 몰에 '이것이야말로 세상에서 가장 뛰어난
다이어트용 기구입니다'라고 상품평을 썼다.
다음날은 재활용 쓰레기를 버리는 날이었다.
그녀는 쓰레기 수집 장소까지 헬스 기구의 빈 상자를 들고 나갔다.
상자가 길고 무거워서 자꾸 바닥에 끌렸다.
그런 그녀에게 "제가 옮겨 드릴게요"하며 나타난 남자가 있었다.
그녀는 그의 목소리를 듣자마자 가슴이 두근거렸다.
대략 3년 3개월 만에 일어난 현상이었다. 그 남자는 계속 말했다.
"저도 운동을 좋아하죠. 전 러닝머신을 뜁니다.

26

9시 뉴스를 보면서 러닝머신을 뛸 때가

제가 하루 중 가장 좋아하는 순간이죠."

그녀는 그에게 몇 호에 사냐고 물었다. 그때서야 지난 몇 달 동안

그녀를 괴롭혔던 위층의 코끼리발이 그의 것임을 알게 되었다.

그녀는 다음날 와인을 사들고 그의 집을 방문했다.

그리고 그가 주방에서 요리를 하는 동안,

러닝머신의 나사를 풀어 창밖으로 던졌다.

그날 이후, 더 이상 위층에서 쿵쾅거리는 소리는 들리지 않았다.

게다가 그녀에겐 덤으로 남자친구도 생겼다.

약봉지에 쓰여 있는 말, 식후 30분.

이 규칙의 유래는 무엇일까요?

위에 남아 있는 음식의 양과 약물의 상호작용이

가장 효과적으로 일어날 수 있는 시간을 말하는 걸까요?

가장 유력한 답은 '건망증 방지' 라는 싱거운 이유라고 합니다.

실제로 많은 사람들이 약 먹는 시간을 잊어서 약의 효과가 떨어지는데

식후 30분이라고 정해두면, 웬만해선 잊기 어렵다는 것이죠. 참 단순하죠?

복잡한 문제를 풀고 싶을 때는 단순하게 생각하는 것이 좋습니다.

작업의 기술을 정복하고 싶을 때는 한 가지만 외워두세요.

"당신을 좋아합니다."

버튼을 누를 때

미영은 아무리 노력해도 그의 얼굴이 마음에 들지 않았다.

그의 얼굴 중에서 마음에 드는 부분은 오직 안경을 썼다는 사실 뿐이었는데,

그나마 안경테 디자인이 마음에 걸렸다.

'대체 나는 왜 이 애를 만나고 있는 걸까?'

그녀는 이렇게 스스로에게 묻곤 했다.

처음 소개팅을 했던 날, 그의 느릿한 말투와 강한 턱 선이 싫었고

그의 촌스러운 옷차림도 거슬렸다.

그런데 그는 일주일에 한 번씩 전화를 해서 아줌마처럼

수다를 늘어놓기 시작했던 것이다.

처음에는 '인간에 대한 예의'라고 생각하고 마지못해 전화를 받고

서둘러 끊었지만, 어느새 그의 전화를 기다리게 되었고

매일 밤 두 시간씩 통화를 하게 되었다.

그러고 보면 그와 통하는 게 전혀 없는 건 아니었다.

어느 날 그는 소주잔을 기울이며 낮은 목소리로 노래를 흥얼거리더니,

이렇게 말했다.

"어릴 때 집에 안 좋은 일이 있었는데, 속상할 때마다 이 노래를 불렀지.

그러면 마음이 편해졌어."

그녀는 비슷한 경험을 갖고 있었기 때문에

그의 이야기가 마음을 크게 동요시켰다.

그녀는 이렇게 마음이 통하는 순간을 비유적으로

'버튼을 눌렀다'고 표현했다. 그 이야기를 듣고 난 후

그녀는 고개를 들어 그의 얼굴을 다시 보았다.

그의 눈 코 입은 원래 있던 자리에서 벗어나 색다른 조합을 이루고 있었고

이전과 달리 그의 얼굴에서 빛이 나고 있었다.
버튼을 눌렀다는 가장 확실한 신호는
상대의 얼굴이 그 전과는 다르게 느껴진다는 점이다.
그의 얼굴은 그 순간 만들어졌다.

왜 하필, 그림자였을까요.
피터팬은 잃어버린 그림자 때문에 웬디네 집에 다시 가고
웬디가 그림자를 꿰매 주면서 그들의 전설이 시작되죠.
사람을 만날 때 많은 경우는 밝은 면, 재능이나 장점에 끌립니다.
근데 반대의 경우도 있어요. 나약함이나 어두운 면을 먼저 보게 될 때가 있는데요,
그건 아무나 눈치채진 못하지만 그곳에 항상 있었던, 그림자와 같은 부분이죠.
그러고 보면 피터팬과 웬디가 그림자 때문에 만나는 거… 의미심장하지 않나요?
해피엔딩으로 끝나지 않을 수도 있어요. 그림자니까.
하지만 누군가의 그림자를 보고 나면, 내가 그 사람의 빛이 되고 싶어지죠.

윙크를 한다면 이들처럼

러너스 하이를 맛볼 필요는 없었다.

그냥 잠깐 달려서 모세혈관 말단에 머무르고 있는 혈액들에게

따끔한 일침을 가하면 되는 것이다.

도로 위에서나 혈관 속에서나 감정에서나 문제는 정체였으니까.

그런데 가을바람과 함께 시작한 달리기가 어느새 지루해지고 있었다.

혈관도 발도 기분도 이미 달리기에 익숙해진 것이다.

연지가 이렇게 따분해하면서 달리고 있을 때, 한 남자가 곁으로 지나갔다.

그 남자는 운동을 꽤 열심히 하는 모양인지

제법 균형 잡힌 몸매를 가지고 있었다. 얼굴도 미남이라고 할 순 없지만

눈 코 입 사이 어딘가에 귀여운 구석이 있었다.

연지는 그 남자를 따라잡았다. 그런데 연지가 자신의 곁으로 오는 것을 보고

그 남자가 윙크를 하는 것이 아닌가.

연지는 뜻하지 않은 반응에 당황스러워서 갑자기 속도를 늦춰버렸다.

'신이 나에게 달리기를 계속 하라는 신호를 보내는 걸까?'

다음날 연지는 새로운 운동복을 샀다.

등이 많이 파이고 가슴의 골이 드러나는 디자인이었다.

그리고 그 사람을 다시 만날 것을 기대하며 저녁 7시마다 달리기를 했다.

그 남자는 매일 7시, 정확한 시간에 나타났다.

하지만 두 사람 사이에는 아무 일도 일어나지 않았다.

너무 달려서였을까? 외로움에 숨이 막혔던 걸까?

연지는 혼자 상상의 나래를 폈고, 그 남자가 수줍음이 많은 것이라고

마음대로 단정 지었다. 그리고 마침내 그 남자에게 먼저 말을 걸자고

결심했다. 그래서 그녀는 이렇게 말했다.

"같이 달릴까요?"
그날따라 날이 더워서 연지는 한 바퀴도 돌지 않아 비 오듯 땀을 흘렸다.
그때 연지는 눈에 땀이 들어가서 따끔거리는 것을 느꼈다.
그리고 중요한 사실을 깨닫게 되었다.
이마에서 눈으로 땀이 흘러들어갈 때는 땀의 따가운 공격을 막기 위해
저절로 윙크를 하게 된다는 것을….

그들의 사랑은 그때부터 시작되었다.

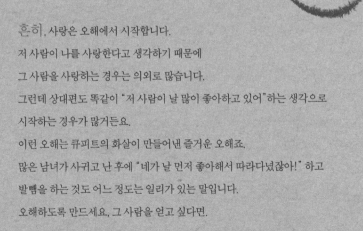

흔히, 사랑은 오해에서 시작합니다.
저 사람이 나를 사랑한다고 생각하기 때문에
그 사람을 사랑하는 경우는 의외로 많습니다.
그런데 상대편도 똑같이 "저 사람이 날 많이 좋아하고 있어"하는 생각으로
시작하는 경우가 많거든요.
이런 오해는 큐피트의 화살이 만들어낸 즐거운 오해죠.
많은 남녀가 사귀고 난 후에 "네가 날 먼저 좋아해서 따라다녔잖아!" 하고
발뺌을 하는 것도 어느 정도는 일리가 있는 말입니다.
오해하도록 만드세요, 그 사람을 얻고 싶다면.

너에게 주고 싶어

와인과 친구는 오래 묵을수록 좋다고 하지만
남자친구의 경우는 천만의 말씀이다. 영미에겐 오래된 남자친구가 있는데
두 사람 사이에 최근 들어 미묘한 틈이 생기기 시작했다.
처음에는 그것을 '일시적인 권태'라고 생각했는데,
시간이 지날수록 깊어가는 의심을 지울 수가 없었다.
'그가 나를 지루해하고 있다.'
그래서 영미는 차이기 전에 먼저 헤어지자고 말하려 했지만,
이별 후에 오는 후유증을 감당할 자신이 없었다.
영미는 담담하게 생각하기로 했다.
"시간이 흘러서 그래. 다 시간 탓이야. 내 탓이 아닐 거야."
그러던 어느 날 남자친구가 영미를 집까지 바래다주게 되었다.
남자친구는 할 말이 있는데 머뭇거리며 못하고 있는 듯했다.
그녀는 불안했다. 그가 뭔가를 감추고 있는 느낌이 들었다.
그녀가 초조함에 쫓겨 대문 안으로 들어갈 때, 남자친구는 갑자기
주머니에서 무언가를 꺼내더니 서둘러 주고는 가버렸다.
영미는 손안에 든 물건을 보았다. 그것은 100원짜리 동전이었다.
"이게 뭐지? 100원 줄 테니 헤어져 달라는 것도 아니고."
그녀는 남자친구에게 전화를 걸어 동전을 왜 준 것이냐고 물었다.
그런데 뜻밖에도 남자친구는 이렇게 대답하는 것이었다.
"사실은 반지를 주려고 했는데, 서두르다 보니 동전이 나왔어.
너한테 주려고 할머니 반지를 가지고 나왔거든.
언젠가 내가 진짜 평생을 같이 하고 싶은 사람이 생기면,
할머니 반지를 주려고 했거든… 사랑해…."

나의 이쁜 여름
귀걸이와 반지

사랑에 빠진 사람은 어느 곳에 있든지, 대기실에 있는 기분이 되죠.

기다림에 관한 이런 얘기가 있어요. 중국의 한 선비가 기녀를 사랑하게 됐는데요,

그녀가 선비에게 이렇게 말했어요.

"만약 제 집 정원 창문 아래서, 의자에 앉아 백일 밤을 지새우신다면

그때 저는 선비님의 사람이 되겠어요."

선비는 기다렸죠. 그런데 아흔아홉 번째 밤에 의자를 들고 그곳을 떠났다고 합니다.

오늘이 아흔아홉 번째 밤일지도 모릅니다.

…너무 기다리게 하지 마세요.

지나고 나면 다 아름답다

부산에서 서울로 유학 온 대학 새내기 진이와 전주에서 서울로 유학 온
새내기 하진은 4월의 어느 날 소개팅으로 만났다.
진이는 그날따라 몹시 허기가 졌고, 하진이는 그런 그녀를 데리고
국수전문점에 들어갔다.
"여기 메밀국수 두 그릇 주세요."
진이는 하진이가 주문한 메밀국수를 보고 경악했다.
'이걸 어떻게 먹으라는 거지?'
그녀는 새눈을 뜨고 다른 테이블로 눈동자를 굴려봤지만
아무도 메밀국수를 먹고 있지 않았다. 진이는 젓가락만 만지작거리면서
하진이가 어떻게 국수를 먹는지 보기로 했다.
잠시 후, 그들은 테이블 위로 줄줄 흘러내리는 국물을 보며 소리쳐야 했다.
"아줌마, 접시에 구멍 났어요."
알고 보니 하진이가 국물을 메밀국수 위에 들이부었던 것이다.
'먹을 줄도 모르면서 왜 시켰을까. 돈만 버렸네. 아유 배고파.'
진이는 하진이를 째려보며, 이번에는 자신이 앞장서서
스파게티 전문점으로 들어갔다. 스파게티가 나오자 하진이는
나무로 만들어진 후추통을 들더니, 꼭지부분을 잡고 돌리기 시작했다.
하진이는 "왜 뚜껑이 안 열리지? 이거 고장났나봐" 하고 씩씩대며
뚜껑을 계속 돌리고 있었다.
곧이어 하진이의 스파게티 위에는 작은 동산만한 후추의 산이 만들어졌고
그걸 발견한 하진이는 깜짝 놀라며 이렇게 말했다.
"이 후추통, 밑이 새네."
곧이어 접시 위의 후춧가루가 두 사람의 콧속으로 들어와

둘은 숨 쉴 틈도 없이 재채기를 해야 했다.

'설마, 커피는 먹을 줄 알겠지?' 후식으로 커피를 시킨 진이는 불안했다.

하진이는 다행히도 작은 크림병을 들이마시지도 않았고

각설탕의 종이도 벗길 줄 알았다.

"커피 맛 괜찮죠?"

진이는 이렇게 물으며, 커피잔 쪽으로 살짝 숙여 얼짱 각도를 고정시켰다.

일 년 후, 진이는 하진이와 말다툼을 할 때면

메밀국수와 후추통 이야기를 꺼내곤 했다. 하지만 사실은

그날 하진이의 모습이 순진해보여 좋았다고 생각하고 있었다.

갑돌이는 갑순이가 잠든 창가에서 이런 노래를 불렀습니다.

"살다가 힘든 일이 닥치면, 세 계단만 밟으면 된다네.

첫 번째는 사랑할 여자를 발견하는 것, 두 번째는 그 여자를 사랑하는 것,

세 번째는 그 여자에게 키스 하는 것."

두 사람은 세 계단을 차례로 밟았습니다.

하지만 세 계단을 모두 밟은 후에도, 힘든 일들은 여전히 많았죠.

그래도 갑순이는 갑돌이의 노래를 들으면

요술가루를 맞은 웬디처럼 공중으로 떠오를 수 있었습니다.

두 사람 사이에는 아름다운 추억이 있었거든요.

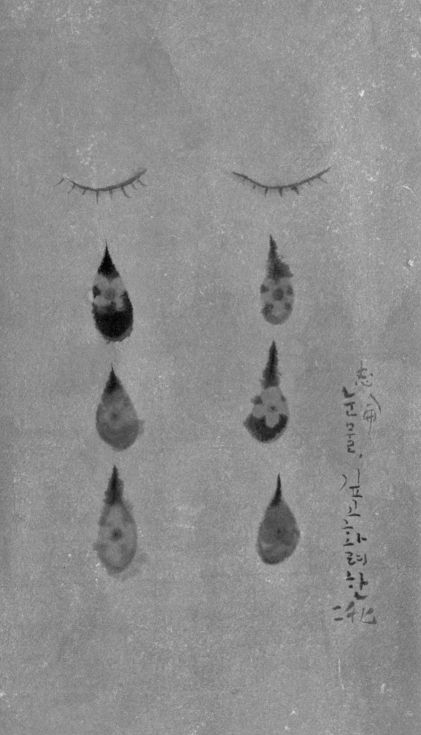

하늘을 날아가는 오리털 파카

한 번도 원 안에 들어가지 못하던 아이가 있었다.
아이들은 그 아이를 따돌렸다. 아이는 자신에게 다른 아이들과는 다른
무엇이 있다는 사실을 깨달았다. 그것 때문에 아이들이
자신을 멀리한다는 것도 알고 있었다. 아이는 학교에서 늘 혼자 돌아왔다.
구불구불 뱀처럼 굽이치는 골목을 혼자 걸을 때면
어린 마음에도 발끝으로 대지의 외로움이 스며드는 것을 느낄 수 있었다.
그것은 방 안에 혼자 있을 때 바람이 지나가는 기분과 비슷했다.

그러다가 돌부리에 걸려 넘어지던 날,
아이는 몸의 중심을 잡기 위해 다리를 몇 번 엇갈려 부딪혔다.
그때야 아이는 자신이 다른 아이들과 어떻게 다른지 알게 되었다.
몸이 하늘로 떠올랐던 것이다. 어, 어, 하면서 아이는 중심을 잡기 위해
노력했다. 중심을 잡고 나서야 아이는 자신이 하늘을 날고 있음을 깨달았다.
시간이 흘러 그는 점점 공중비행에 익숙해져갔다.
그는 남들의 눈을 피하기 위해 한밤중 옥상에 올라가 비행연습을 했다.
서울의 밤하늘을 나는 것은 꽤 근사한 일이었다. 게다가 한강변을 따라 날면
거대한 빌딩 같은 방해물도 없었고, 그 아래로 아름다운 풍경이 펼쳐졌다.
하지만 강바람이 너무 차서 그는 초가을에도 두꺼운 오리털 파카를
입어야 했다. 어느 날, 그가 하늘을 날다가 강변에 내려왔을 때
한 여인이 그에게 다가왔다. 그녀는 한쪽 손에 오리털을 쥐고 있었다.
"조금 전에 하늘에서 떨어졌어요. 여기 하늘엔 오리가 날아다니나 봐요.
이상하죠?"
그녀는 정말 엉뚱하지 않은가? 그 순간, 그는 그녀에게 반해버렸다.

그런데 그녀도 두꺼운 오리털 파카를 입고 있었다.

"당신도 날 수 있군요. 그렇죠?"

그녀는 조용히 웃었다. 그는 그녀에게 손을 내밀었다.

그리고 처음으로 두려움 없이, 다른 사람에게 제안을 했다.

어쩐지 그녀라면 그의 부탁을 들어줄 것 같았다.

"내 손을 잡으세요. 우리 같이 날아요."

그는 그날 이후, 원 안에 들어가게 되었다.

그 원은 작아서 딱 두 사람이 들어가면 꽉 차는 크기였다.

그래서 두 사람은 더욱 가까워졌다.

원 안에 들어가는 가장 손쉬운 방법은 사랑에 빠지는 것이다.

아이들이 노래를 부르면서 손잡고 원을 돌 때 선생님이 "셋!" 하고 외칩니다.

그러면 아이들이 와글와글하면서 세 명씩 껴안고 짝을 지어야 하죠.

짝을 못 이루고 남는 애들은 탈락됩니다.

혼자 남는 기분, 어린 맘에도 별로 좋진 않을 거예요.

그래서 선생님의 구령이 떨어지기 무섭게 번개처럼 달려가는 아이들이 있죠.

외로움이 다 나쁜 건 아니에요. 적당한 외로움은 나 자신을 있는 그대로 보게 합니다.

하지만 잊지 말아요, 혼자 남기 싫을 땐 내가 먼저 달려가 껴안아야 한다는 걸요.

그녀를 웃게 해

은미가 그를 처음 보았을 때,

그는 한 손에는 커피를, 다른 손에는 수동식 카메라를 들고 있었다.

그녀가 인사를 하자, 그가 이렇게 대답했다.

"너 신입생이지? 사진 동호회에 들어온 기념으로 한번 찍어주지."

곧이어 '찰칵' 하는 경쾌한 셔터 소리가 들려왔다.

하지만 그녀는 자신의 사진을 보고 비명을 지르고 말았다.

"선배, 이 사진들 너무 해요. 이게 내가 맞아요?

이 사진은 아예 형체를 알아볼 수가 없잖아요!"

그녀는 선배가 자신을 골탕 먹이고 있다고 생각했다.

깜짝 놀라 일그러진 얼굴, 공포 영화에 나오는 소녀를 닮은 모습,

하품 하느라 목젖이 보일 만큼 입을 벌린 모습….

그가 찍은 자신은 모두 최악의 표정을 하고 있었기 때문이었다.

하지만 그는 히죽거리면서 이렇게 대답할 뿐이었다.

"이게 진짜 살아 있는 사진이지."

그녀는 중얼거렸다.

'말도 안 돼, 이 선배는 날 싫어하나봐. 앞으론 절대 찍히지 말아야지.'

그녀는 수백 년 후에 우연히 자신의 사진을 발견한 고고학자들이

'이 여자 좀 봐' 하면서 낄낄거리고 웃는 장면을 상상했다.

그러던 어느 날 우연히, 아니, 고의적으로 은미는 그의 블로그를 찾아갔다.

그런데 놀랍게도 한 게시판의 이름이 '은미'였다.

그 '은미'라는 게시판에는 온통 그녀의 사진만 있었다.

그는 이미 오래 전부터 그녀가 눈치 채지 못하게 끊임없이 그녀를

찍고 있었던 것이다. 블로그의 페이지를 넘길 때마다 그녀는 화가 솟구쳐

노트북의 터치패드를 있는 힘껏 두드려댔다.

모두 괴팍한 취향의 사진뿐이었던 것이다. 그러다가 점점 미간의 주름을

거두고 마음껏 웃게 되었다. 자기가 봐도 웃겼던 것이다.

은미는 선배가 그녀를 골려주기 위해 그런 것이 아니라는 사실을

알게 되었다. 그녀가 맨 마지막 페이지를 클릭했을 때

거기엔 이런 글이 달려있었다.

네가 여기까지 왔다면, 대답해줘.

매일 나하고 커피 마실래?

양팔을 쫙 펴보세요. 그리고 몸통을 돌려서 팔을 휘휘 저어보세요.

원이 하나 그려지죠? 그 원의 크기만큼이 당신의 개인적인 공간이에요.

당신의 개인적인 공간 안에 누군가가 들어가면, 당신은 어떻게 하겠어요?

그 원 안에 자연스럽게 받아들일 수 있는 사람,

그 사람은 바로 '호감 가는 사람' 이랍니다.

서로 마음에 있는 사람들은 같이 길을 걸어가다 보면 자꾸 어깨가 부딪혀요.

또 물건을 고를 때 자꾸 손이 닿죠. 테이블 밑에서 발끝이 닿으면 보통은

깜짝 놀라서 피하게 되지만 좋아하는 사람끼리는 그렇지 않죠.

사랑은 터치.

오직 하나뿐인 그대의 발

"2003년 이후에 저희 구두를 맞춘 적이 있으십니까?"
구두 가게 직원의 질문에 놀라 정애는 이렇게 대답했다.
"왜요?"
그러자 구두 가게 직원은 안심하라는 듯 손을 내저으며 친절하게 설명했다.
"그 이후에 구두를 맞추셨으면 다시 치수를 잴 필요가 없거든요.
컴퓨터 안에 고객님의 발 사이즈와 모양이 다 들어 있습니다."
그녀는 고개를 숙이고 이렇게 말했다.
"전 마지막으로 구두를 맞춘 게 1999년이었어요.
종말론이 들썩이던 아주 암울한 해였죠."
사실 그녀는 1999년 이후로 발 모양이 변했고, 그 후로는 구두 가게를
찾은 적이 없었다. 그런데 직원은 그녀의 발 모양에 대해 말하기 시작했다.
"이런 발은 구두를 맞추기 어렵겠는데요.
발등에 뿔이 있군요. 쯧쯧. 먼저 수술부터 받으셔야겠어요."
정애는 구두를 엄청나게 좋아한다. 쇼 윈도우에서 가늘고 뾰족한
하이힐을 보면, 당장 가게로 들어가 그걸 신어보고 싶어졌다.
하지만 지난 몇 년 간 한 번도 그 안으로 들어가 본 적은 없다.
발 모양이 변해 맞는 구두가 없었던 것이다. 다시 스니커즈를 신고
구두 가게를 나오는 순간, 그녀의 발은 저절로 정형외과로 향하고 있었다.
그런데 현대의학으로는 그녀의 발을 정상적인 모양으로 돌려놓는 것이
불가능하다는 진단이 내려졌다.
할 수 없었다. 정애는 발등의 뿔과 화해하기로 했다.
그리고 며칠 후 어느 모임에서 에너지가 넘쳐흐르는 T 씨를 만났다.
T 씨는 너무 적극적으로 그녀에게 다가왔기 때문에 처음에 정애는 그가

수상한 사람이라고 생각했다. 그런데 조금 이야기를 나누어보니
T 씨는 원래 수줍음이 많은 사람이었다. 그래서 정애는 안심하고
그의 이야기를 들어주었다. T 씨는 대화를 나누다가 자꾸 지갑을
꺼내보곤 했는데, 그녀는 그것이 신경에 거슬려서 그에게 물어보았다.
"저한테 명함을 주시려고요? 명함은 잃어버리기 쉬우니까
대신 휴대폰에 전화번호를 찍어주세요."
그는 정애에게 이렇게 말했다.
"세상에서 하나 뿐인 발을 가졌군요. 정말 아름답습니다."
며칠 뒤, 유명한 구두 디자이너였던 T 씨는 그녀에게
세상에 하나밖에 없는 하이힐을 선물했다.
그 하이힐은 뿔이 난 정애의 발에도 꼭 맞았다.

어딘가 내 발에 난 뿔마저 사랑할 사람이 있습니다. 머리에 뿔이
났든 마음에 뿔이 났든, 누군가는 당신을 그 모습 그대로 받아줄
겁니다. 왜냐하면 당신은 그 점만 제외하면 장점이 훨씬 더 많은
사람이니까요. 게다가 사랑에 빠진 사람 눈에는 단점이 곧 개성
입니다. 뿔을 자랑하세요. 어차피 감추려고 하면 할수록
더 어색해집니다. 그 동안 우리는 내가 아닌
다른 것이 되기 위해 얼마나
많은 시간을 보내왔던가요.
사랑 때문에….

누가 먼저 좋아했던 걸까?

처음 시작은 이러했다.

그녀가 그에게 와인을 한 병 선물했을 때 그는 얼굴 전체가 빨개지며 웃었고
그것은 평소 그의 얼굴에 떠 있는 무표정한 균형이
일순간에 깨지는 놀라운 경험이었다.

그녀는 그때 그의 비밀일기장 첫 페이지를 열었던 것이다.

선물을 주고 돌아선 순간, 그녀는 그가 자신을 좋아하는 것 같다는
생각을 얼핏 했다. 그리고 또 며칠이 지나자 그녀는 차가운 표정 뒤에
감춰진 그의 거대한 다정함이 못 견디게 그리웠다.

그녀는 그의 당황한 얼굴을 보고 싶어서 또 다시 작은 선물을 했다.

그리고 두 사람은 사귀게 되었다.

이렇게 시작을 떠올릴 때마다 그녀는 '누가 먼저 좋아했던 걸까?' 하고
스스로에게 물어보곤 했다.

그는 그녀가 자신을 좋아해서 자신도 그녀를 좋아했다고 말했다.

그녀 역시 그가 자신을 좋아했기 때문에 그에게 호감을 갖게 되었다고
생각했다. 그렇다면 작은 와인 하나를 둘러싸고 시작된 오해들이
그들에게 큐피트의 화살이 되었던 것일까?

우연히 고른 그 와인이 그가 유독 좋아하는 제품이었고,
그 때문에 그는 더욱 그녀에게 특별함을 느꼈다는 것이었다.

그에 따르면 그녀는 자신을 굳이 설명하지 않아도
이미 이해하고 있는 사람 같았다고 한다.

얼마 후, 그는 그녀가 좋아하는 치즈를 그녀에게 선물했다.

그녀가 어떤 치즈를 좋아한다고 말한 적이 없었지만
그는 이미 알고 있었다.
그녀는 와인을 한 모금 마신 후 그에게 속삭였다.
시간이 지나고 나면 우리 사이에 있었던 이해들도 역시 오해였다고
생각하겠지만 설사 그런 순간이 와도 기억할거야.

난 당신을 사랑했다고….

사랑을 원하는 마음이 사랑을 발견하게 만듭니다.
사랑은 항상 주변에 있었거든요.
거기 치즈 위에….

내 향수 같이 쓸래요?

슈어홀릭에 대한 기사를 읽다가 행거에 걸려있는 옷가지들을 본 후
그녀는 '나는 청바지 중독이야'라고 생각했다.
행거에 걸려 있는 청바지의 숫자는 그녀의 나이에 가까웠다.

하늘이 인디고 빛이던 어느 날, 그녀는 새로 산 진을 입고 거울 앞에 섰다.
엉덩이에 달린 주머니에 무지갯빛 스티치가 들어간 그 청바지는,
그녀의 균형 잡힌 하체에 착시효과까지 덧입혀
허리가 적어도 1인치는 날씬해보이게 했다.
그런데 그녀가 다시 청바지를 벗으려고 할 때 이상한 일이 일어났다.
'어! 이런, 바지가 마치 내 피부인 것처럼 나한테 달라붙어 버렸어.'
그녀는 청바지를 입은 채 샤워도 해보고 청바지가 마치 사람인 양
'사라져 사라지란 말이야' 라고 소리도 질러보고
살살 달래보기도 했지만 청바지는 도대체가 벗겨지지 않았다.
그녀는 비탄에 빠져 '이제 나는 청바지 한 벌로 평생을 보내게 생겼어' 하고
중얼거렸다. 그녀가 그런 생각을 하며 카페에 앉아 있을 때
한 남자가 다가와 그녀 앞에 멈춰섰다.
"어, 당신은 청바지군요" 하고 그 남자가 말했을 때
그녀는 그 남자가 제법 귀엽다고 생각했다.
남자는 자연스럽게 그녀의 앞자리에 앉더니
자신의 얘기를 들려주기 시작했다.
자신은 스니커즈 중독에 빠져 수십 켤레의 스니커즈를 모았다는 것이다.
그런데 어느 날 새로 구입한 스니커즈가 발에 붙어
벗겨지지 않는 일이 일어났고,

그 후로는 그 스니커즈만 신고 다니게 되었다는 것이었다.
"어휴 그러면 냄새는 어떡해요?"
하고 여자가 묻자 남자는 여자에게 속삭였다.
그래서 나는 향수 마니아가 되었어요.
어때요? 내 향수를 같이 쓸래요?

사랑이 시작될 때
우리는 투명인간이 됩니다.
다른 사람의 시선을
전혀 느끼지 않으니까요.
백억 명의 사람이 있다 해도
세상에는 그와 나, 단 둘 뿐입니다.

컴퓨터와 전대미문무협

A/S 센터에서 들은 대답은 무려 50만원이나 든다는 얘기였다.
"이거 작성해주세요" 하고 서류를 꺼내는 상담원에게
"벌써 몇 번째 고장인지 아세요? 수리비로 들어간 돈을 생각하면,
배보다 배꼽이 더 크다구요. 이 기회에 아예 새 걸로 장만할래요" 하고
말해버렸다. 홧김에 그렇게 말은 했지만 상담창구에서 돌아서자마자
무거운 후회가 어깨를 짓눌렀다.
희정에게는 새 노트북을 살 만한 여력이 없었다.
얄팍한 통장을 탈탈 털었지만 돈은 여전히 부족했고
전자상가에 계시는 먼 친척 분에게 잔금은 다음 달에 드리겠다며
통사정한 후에야 겨우 중고노트북을 장만할 수 있었다.
희정은 집에 돌아와 노트북을 살펴보다가
그 안에 저장되어 있는 장편의 글을 보게 되었다.
제목은 '전대미문무협'이었고, 내용은 현대를 배경으로 한
무협지 비슷한 것이었는데, 신기한 무공이 소개되고 있었다.
살짝 손이 닿거나 어깨만 스쳐도, 그렇게 신체의 작은 일부분이라도
접촉하기만 하면, 상대의 기혈을 흩뜨려놓아서 원하는 만큼 시간이
흐른 후에 쥐도 새도 모르게 적을 죽일 수 있는 비술이 있다는 것이었다.
영화배우 이소룡도 그 비술에 의해서 살해당했다는 것이 그 글의 주장이었다.

그 글을 읽은 지 얼마 되지 않아서 노트북을 샀던 전자상가의 친척에게서
연락이 왔다. 이 중고노트북의 전 주인이 노트북을 한번만 보게 해달라고
사정한다는 것이었다. 노트북을 들고 나가 그를 만났다.
"전지원이라고 합니다."

그는 반듯한 이마와 예리한 눈매를 가지고 있었다.

"노트북에 중요한 파일이 있는데, 제가 급하게 처분하는 바람에
그걸 깜빡했습니다. 파일을 감춰놓아서, 제가 직접 저장해가려고요."

그러더니 전지원은 "속도는 괜찮습니까? 다운된 적은 없죠?"하면서
노트북을 한참 동안이나 만지고 있었다.

그녀는 '이 사람이 혹시 문제 있는 노트북을 내다 판 게 아닐까' 하는
생각을 하면서 또다시 A/S센터를 들락거려야 할지도 모른다는
불안감에 사로잡혔다.

그리고 한 달이 지났을까, 원고의 마감에 쫓기고 있을 때
노트북을 켜보았더니, 그녀가 썼던 모든 파일들이 사라져 있었다.
순간 머리가 멍해지고, 가슴이 철렁 내려앉으면서 닭똥 같은 눈물이 흘렀다.
희정은 꼬박 사흘 밤을 샜고, 지난 한 달 동안 두문불출하며
이 작업에만 매달려왔던 것이다.

그때 책상 위에 붙어 있는 전지원의 연락처가 눈에 들어왔다.
이미 A/S센터는 문을 닫았을 것이고, 전지원이 컴퓨터를 만지던 품새로 봐서
자신을 도와줄 실력이 될 거라는 생각이 들어, 그에게 전화를 걸었다.

"저, 급한 원고를 쓰던 중이었는데 노트북에 문제가 생겼어요.
괜찮으시면 절 도와주시겠어요?"

그는 고맙게도 그녀의 집으로 달려와주었다.

"괜찮아요. 난 당신 집에서 10분 거리에 살아요."

문을 열고 고맙다고 인사하는 그녀에게 전지원은 별 일 아니라는 듯이
이렇게 말했다. 전지원은 그녀가 잃어버린 파일들을 거의 다 복구해주었다.

희정은 다시 한 번 고맙다는 인사를 했다.

하지만 이런 일은 한 번에 그치지 않았다. 꼭 급하게 원고에 쫓길 때마다

그것도 주로 한밤중에 희정의 노트북은 문제를 일으켰고

번번이 전지원의 출장수리 신세를 지게 되었다.

그렇게 해서 같이 야참을 먹기도 하고 차도 마시다가 채송화 같이

수줍은 감정이 싹틀 무렵, 전지원은 희정에게 이메일을 한 통 보냈다.

제목은 '전대미문 바이러스.'

그것은 판타지가 곁들여진 로맨스 소설이었는데,

주인공 남자가 한 여자에게 자신이 팔았던 중고 노트북을 고쳐주면서

두 사람의 만남이 시작되는 이야기였다.

'전대미문 바이러스'에 등장하는 주인공 남자는 첫 만남에서

그녀가 마음에 들자, 자기가 만든 바이러스를 주인공 여자의 컴퓨터에

심어놓았다. 그 바이러스는 주기적으로 컴퓨터 파일을 지웠으며

그는 그걸 고쳐준다는 이유로, 그녀를 계속 만나게 된다는 내용이었다.

희정은 밀려 있던 원고료가 통장에 들어오자 그 동안의 출장 수리에

감사한다는 명목으로 전지원에게 근사한 식사를 대접했다.

그리고 물어보았다.

"그거 논픽션이죠?"

그는 모나리자 같은 미소를 지으며 이렇게 말했다.

"난 그런 바이러스를 만들 만한 실력은 없어요.

하지만 주인공 남자가 여자에게 갖는 감정은 논픽션이에요."

개의 선조인 야생늑대는

지구상에 채 10만 마리도 살아남지 못했는데

개는 어떻게 수십억 마리가 득실대고 있을까요?

개를 사랑하는 스티븐 부디안스키는 이렇게 질문을 던졌습니다.

그가 발견한 해답은 이런 것이었죠.

개는 인간의 약한 부분을 건드리고 공략했다는 겁니다.

눈이 크고 머리가 둥글고 몸집이 약하고 보호본능을 불러일으키는 것,

개들이 사랑받는 기술은 이것입니다.

'그가 좋아하는 모습을 갖추면, 사랑을 얻게 된다.'

사랑을 얻고 싶다면, 그 사람이 좋아하는 모습을 갖추도록 하세요.

만날 때마다 정신을 잃을 정도로 흥분한다던가, 입술을 핥는다던가!

어렵지 않아요, 개도 해냈는 걸요.

사람들은 왜 사랑하는가 묻는다

"나폴레옹도 모차르트도 밥 딜런도 했던 것처럼… 사랑해."

그가 그렇게 말했을 때 그녀는 피식 웃어버렸다.

"너의 농담은 술떡 같아. 언제나 상한 맛이 나잖아."

그는 농담이 아니라고 말했고, 그녀는 다시 웃으며 대답했다.

"그럼 모차르트가 했던 것처럼 사랑해줘."

얼마 후 그녀는 온몸의 세포에서 오로라가 나오는 것 같은 느낌이 들었다.

그녀가 멍한 눈동자로 그의 발자국을 쫓기 시작하자

사람들이 그녀에게 물었다.

"그가 대체 어디가 좋아?"

그녀는 몇 번이나 그런 질문을 받자, 혼자 있는 시간이 되면 곰곰이

생각하게 되었다. '나는 그를 왜 좋아할까? 그건… 외로움 때문일 거야.'

하지만 외롭다고 해서 의자나 봉투와 사랑에 빠지진 않는다.

분명히 그여야만 하는 이유가 있을 것이었다.

그녀는 어느 무더운 여름날에 쪽빛 원피스를 입고

일본에서 온 하바드가 공연하는 파티에 갔다.

깡충깡충 뛰는 그녀는 오른손을 들어 환호를 보냈고

왼손은 그의 손에 잡혀 있었다.

그럼에도 두 발이 공중에 떠있는 순간마다 그녀는 그를 그리워했다.

일 년 후, 그녀는 하바드의 새 앨범을 듣고 있었다.

그녀는 새로운 버전의 'Back To Next To'를 들으며 전율했다.

그 곡이 연주될 때, 파티에 온 사람들은 모두 새처럼 날아올랐다.

아직 오지 않은 미래를 향해, 이미 가버린 과거를 향해,
완성되지 않은 사랑을 향해… 그 순간들이 못 견디게 그리워져
그녀는 듣고 또 들었다. 그리고 그 노래를 11번 반복해 들은 뒤에야
비로소 깨달았다. 그녀는 그에게 말했다.
"넌 신제품이었어. 아직 오염되지 않은 상태였지.
그래서 첫눈에 반했던 거야."
그는 빙긋 웃으면서 말했다.
"내가 더 이상 신제품이 아니어도 날 좋아할 수 있어?"
그녀는 그의 손을 꼭 잡았다.

시끄러운 파티가 필요해요.
어깨가 무겁기 때문에, 너무 오래 얌전하게 살았기 때문에.
그리고 내가 아닌 사람으로 살았기 때문에.
조용한 미술관이 필요해요.
로드숍에 걸린 옷들이 모두 똑같아지기 때문에, 거리의 풍경이 어지러워보이기
때문에, 그리고 눈이 따라잡기도 전에 모든 것이 지나가 버리기 때문에.
당신의 손이 필요해요.
부질없는 질문들과 아직 오지 않은 것에 대한 걱정 때문에,
마음이 닳아서 내 손이 떨리니까.

사랑은 미래를 본다

그녀는 그가 배려심이 많은 사람이라고 생각했기 때문에
그를 좋아하기 시작했다.
그는 그녀가 아름다웠기 때문에 그녀를 좋아하기 시작했다.
두 사람은 서로 상대방이 자신을 지극히 좋아한다고 생각했기 때문에
연애의 첫 발을 내딛었다.
하지만 두 사람 중에 누가 누구를 먼저 좋아했는지는
100분 심야토론을 해봐도 도저히 알 수 없었다.
이럴 때 사람들은 보통 이렇게 말한다. '첫눈에 반했다'고.
사람들 이야기야 어떻든 그녀는 그가 자신에게 필요한 사람이라고 생각했다.
그녀에게 사랑이란 것은 꽃다발의 달콤한 속삭임이 아니라
필요한 것을 주는 것이었다. 그렇기 때문에 그녀는 그가
'보이지 않는 만능의 손' 같은 사람이 되길 원했다.
그런데 그는 놀랍게도 그녀가 보지 않을 때,
그녀를 괴롭히는 문제들을 하나 둘 해결해주기 시작했다.
그는 아름다운 그녀가 울지 않기를 바랐던 것이다.

몇 년이 흐른 후, 그는 배려심이 넘쳐흐르는 남자로 변해가고 있었다.
처음부터 그런 것은 아니었지만, 그녀의 열렬한 믿음이
그를 변화시켰던 것이다.
그녀는 단순히 필요에 의해 그가 배려심이 많다고 착각했으며
그는 시간이 지남에 따라 점점 그렇게 변해갔다.
사람들은 그 과정을 이렇게 부르곤 했다.
"사랑은 사람을 송두리째 변화시킨다."

그래서 사랑에 빠진 사람들은 상대의 미래를 본다.
상대가 이러하다고 믿으면,
상대는 정말 그렇게 변해간다.

쉿, 주목해주세요.
콩깍지 효과라고 부르겠습니다.
이것이 인간이 존재하면서부터 있어 왔던 사랑의 비밀이거든요.
사랑에 빠지면 콩깍지가 눈을 덮게 되는데,
그렇게 되면 상대방을 더 이상 '객관적으로' 볼 수 없게 됩니다.
하지만 상대방은 내가 믿는 대로, 내가 보는 대로, 점점 변해가게 되죠.
결국 우리는 사랑하는 사람의 미래를 보는 수정 구슬을 얻게 되는 셈입니다.
왜냐면, 사랑에 빠졌기 때문이죠.

봄날 빛방울 꽃　피아노

꽃　봄　부드러운　던지　빗소리
봄

비　빗소리 빗소리　봄날 봄　부드러운

빗방울　꽃　ㅁㄹㅗㅜ
소리　비　정지된 시간

시작은 수박이었다

그녀의 목선은 모딜리아니의 그림에 나오는 여인처럼 그윽했고
그녀의 홍조 띤 볼에서 풍겨나오는 냄새는 싱싱한 오이처럼 기분 좋게
비릿했다. 나는 지금 동네 슈퍼에서 자기 몸통만 한 수박 한 통을 사들고
들어가는 그녀의 뒤를 쫓아가고 있다. 혼자 사는 여자에게 왜 저렇게
큰 수박이 필요한 걸까. 아마 그녀의 집에 친구들이 왔는지도 모르겠다.
원룸에 사는 그녀와 나는 벽 하나를 놓고 이웃하는 사이이다.
하지만 나는 그녀에게 다가갈 수가 없었다. 햇빛을 좋아해서
항상 구릿빛 선탠 피부를 유지하는 그녀와 햇빛에는 병적으로 약해서
어두울 때만 다니는 나는 누가 봐도 어울리지 않으니까.
나는 태양 앞에 나설 수 없는 흡혈귀였기 때문에 더욱 더 태양을 흠모했고
그녀 앞에 나설 자신이 없었기 때문에 더욱 더 그녀를 사랑했다.
"내가 왜 이렇게 큰 수박을 샀는지 알아요? 당신과 같이 먹기 위해서예요."
그녀는 갑자기 뒤로 돌아서더니, 어설프게 미행하다가 들켜 주춤거리고 있는
나를 향해 살짝 웃으며 이렇게 소리쳤다.
나는 그 순간 섬광과도 같은 것이 눈앞에서 '번쩍' 하고 빛나는 것을 느꼈다.
번쩍 빛나는 칼날 아래에서 탁, 하고 시뻘건 수박이 두 쪽으로 갈라졌다.
우리는 수박 반통을 그녀의 원룸에서 먹었고, 그날부터 우리는 저녁식사와
과일을 같이 먹는 사이가 되었다. 하지만 그녀에게 점점 빠져들수록
나는 심각한 고민에 빠져들었다. 고백을 할까? 말까? 다 털어놓을까?
나는 우리가 서로 다르다는 사실 때문에 힘들었고, 그래서 결국은
헤어질 거라는 생각이 내 창백한 두뇌를 사로잡으면
관 속에 들어가 조용히 누워 있곤 했다.
우리 사이의 비밀을 먼저 터뜨린 것은 그녀였다.

"당신은 진화가 덜 된 구식 흡혈귀야. 왜 놀라? 내가 왜 모르겠어?
나도 흡혈귀인데. 하여간 흡혈귀로 태어났다고 평생 당신처럼 음침하게
살아야 하는 건 아니야. 날 따라해봐."
그날 이후, 그녀는 나에게 태양과 친해지는 방법을 알려주었고,
사람의 목을 물지 않고도 생명을 이어갈 수 있는 방법을 가르쳐주었다.
나는 그녀와 다르다고 생각해서 주저했었지만, 그것은 내 마음속의 두려움
때문에 생긴 착각이었다. 그녀와 나는 다른 외피를 갖고 있는
같은 종족이었고, 그래서 서로에게 끌렸던 것이다.
사랑은 동병상련을 필요로 한다.

사랑이 시작될 때 공통점 찾기라는 게임도 시작됩니다.
'너도 그 노래를 좋아했니? 나도 그런데.' '우리는 잡지의 뒷장부터 보는 게 똑같아.'
사랑이 끝나갈 때 똑같은 문장이 이렇게 바뀝니다.
'나는 그 노래의 다른 버전이 좋은데.'
'그리고 잡지에 밑줄 그으면서 보는 사람은 처음 봤어. 넌 왜 그래?'
위 문장과 아래 문장 사이에 무슨 일이 벌어졌던 걸까요?
공통점 찾기의 교훈.
사랑은 자신을 아는 것에서 출발하는 거죠.
자신이 누군지 알고 나면, 사랑도 쉬워져요.

사진 찍는 여자, 춤추는 남자

그녀의 직업은 Cool-Hunter 였다.

빈민가, 놀이터, 뒷골목, 황학동 시장, 인디밴드 클럽, 피어싱 가게 등

그녀는 비주류의 문화들이 숨 쉬는 곳을 찾아다녔다.

거리 사람들에게서 다음에 유행할 아이템,

즉 쿨한 것을 찾아내는 것이 그녀의 직업이었다.

눈에 띄는 쿨한 사람들은 모두 표적이 되었다.

어느 날 그녀는 클럽이 밀집한 골목을 운전해 지나가다가

백미러로 그를 발견했다.

그는 MP3 플레이어에 이어폰을 꽂고 혼자 춤을 추고 있었다.

그녀는 차를 멈추고 백미러의 각도를 조절해 그를 지켜보았다.

그는 펑키한 헤어스타일을 하고 있었고

헤어진 진을 리폼해서 입고 있었으며

티셔츠에는 아마도 자신이 직접 그린 듯한 독특한 그림이 있었다.

그날 이후 그녀는 그를 미행했다.

그는 클럽가의 근처에 살고 있었고,

5시 이후부터 12시까지 클럽에서 아르바이트를 했으며

오전 9시에 집에서 나와 도서관, 서점, 옷가게, 미술관을 돌아다녔다.

그녀는 매일 달라지는 그의 독창적인 옷차림을 모두 카메라에 담았다.

그렇게 한 달 동안이나 그녀는 그를 따라다녔다.

분명, 그것은 직업적인 관심 이상의 집착이었다.

그러던 어느 날, 그녀는 그에게 사진 찍는 장면을 들켜버리고 말았다.

아니, 어쩌면 그녀는 그에게 들키기를 원하고 있었는지도 모른다.

그는 그녀가 그 동안 찍은 자신의 사진을 모두 내놓으라고 말했다.

그러더니, 피식 웃으면서 이렇게 말했다.
"난 첫날부터 당신을 위해 춤을 췄어. 이렇게까지 안 해도 됐는데.
나도 처음부터 당신이 마음에 들었거든. 오늘은 내 뒤를 따라
세 시간이나 걸었는데, 배고프지 않아?
우리 뭐든 좀 먹으러 가자."
그녀는 자신의 직업을 밝힐 수 없었다.
사랑하는 사람이 실망할까봐 두려웠기 때문이다.

사람들은 이미 보았던 것을 다시 보기 위해
수많은 장치를 개발했습니다.
그러나 첨단기술에도 한계는 있죠.
사진은 바래고, 글씨는 번지고, 동영상의 감동은
시들해집니다. 오직 남은 것은 마음이죠.
마음에 기록되면 무의식에라도 남습니다.
좋은 것은 마음에 담는 게 좋아요.
사랑이라면 특히.

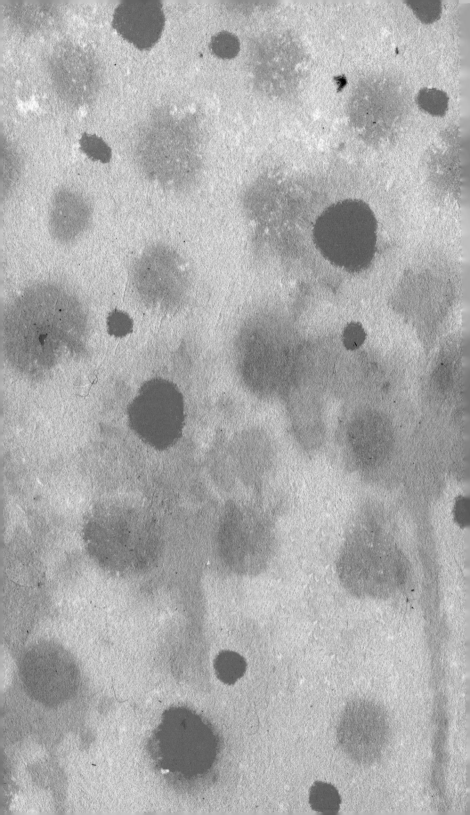

모든 것이 변해도, 변하지 않는 것이 있어 다행입니다.
여전히 사랑은 소심, 불안, 좌절, 게으름과 같은
고질병을 일순간에 치료하는 만병통치약이니까요.
만일 여러분 곁에 사랑하는 사람이 있다면, 그 사실에 감사하도록 하세요.
그 사람이 있어 여러분은
이 세상이 살아갈 만한 것이라고 생각하게 될 테니까요.
사랑이 없다면 무엇으로 버틸 수 있을까요.

미로에는 괴물이 살고 실은 이미 끊어졌는데….

SCENE
02

사랑할수록 사랑 이 그 립 다

내일도 날 사랑할 수 있나요?

선글라스 너머로 테이블 앞에 앉은 남자를 보면서 그녀는 노트북을 꺼내
그에게 리포트를 보여주었다. 남자는 그걸 보더니 이렇게 말했다.
"바탕화면에 깔린 사진은 당신이군요. 여행 갔을 때인가요? 여긴 시부야죠?"
그녀는 고개를 끄덕이며 하이힐의 앞굽을 들어올렸다.
그리고 그에게 정중하게 물었다.
"그럼 우리 회사와 계약하시겠어요?"
남자는 그 말에 대답하지 않은 채, 그녀의 얼굴을 가리고 있던
선글라스로 손을 뻗어 얼굴에서 떼어냈다.
그녀가 그대로 있자 남자는 다시 말문을 열었다.
"눈빛을 감춘 사람과 계약할 순 없습니다.
도박과 계약은 눈빛의 거래거든요."
그는 계약서를 작성한 후 그녀에게 다른 계약서를 내밀었다.
그리고 이렇게 물었다.
"나와 사귀겠어요? 연애계약서에 사인만 하면 돼요."
꿈 같은 시간이 흘렀다.
어느 깊은 밤, 그녀는 그와 슬픈 음악에 맞춰 브루스를 추었고
라운지에서 서울의 야경을 보았다.
그런데 그가 그녀를 바라보았을 때 그녀는 울고 있었다.
"내일도 날 사랑할 순 없겠지?"
남자는 그렇다고 말했다.
"왜 안 되는 거지?"
여자가 물었다. 남자는 그것이 계약이라고 말했고
그 계약의 합리성에 대해 이렇게 설명했다.

"가장 아름다운 순간에 끝나면 영원히 기억에 남을 것이라고."
하지만 그녀는 그를 겁쟁이라고 생각했다.
그리고 그는 그녀를 철부지라고 생각했다.

첫날을 같이 보낸 연인은 서로에게 이렇게 묻습니다.
"내일도 나를 사랑할 건가요?"
사랑이 시작될 땐 이런 마음이죠.
"이번이 마지막 사랑이었으면…."
그리고 사랑이 식어갈 땐, 이렇게 변합니다.
"이 사람보다 더 좋은 사람이 있을 거야."
사랑이 끝나갈 때 슬픈 것은 상대의 마음이 변하기 때문이 아니라,
내가 가졌던 영원한 사랑에 대한 믿음이 변하기 때문입니다.
마지막 순간에 사랑을 배신하는 것은
그의 마음이 아니라 내 마음입니다.

너무 불안해서 혹은 너무 행복해서

늘씬하고 아름다운 그녀는 모든 사람들에게 지독한 선망이나 질투를
불러일으켰다. 그녀는 모든 것을 다 갖춘 듯이 보였고
게다가 만인에게 친절했다. 그래서 선량한 사람들은 그녀를 숭배했고
삐딱한 사람들은 그녀의 단점을 찾기 위해 사설탐정을 고용했다.
하지만 그녀에게도 사소할진 모르지만 빼놓을 수 없는 결함이 하나 있었다.
"전 감정을 표현하는 데 장애를 느낍니다.
이런 점 때문에 누군가를 진지하게 사귀어본 적이 없어요.
제 나이가 스물일곱인데 아직 변변한 데이트 상대조차 없었어요."
그녀의 이야기는 이렇게 시작되었다.
자신의 문제 때문에 고민하던 그녀는
한 클럽에서 베레모를 쓴 남자를 만났다고 한다.
그녀는 베레모를 쓴 남자에게 사과 두 상자를 얻었다.
사과 한 상자를 다 먹고 나자, 그녀는 그녀의 모든 감정을 솔직하게
표현할 수 있었다고 한다.
그녀에게도 남자친구가 생겼고 남자친구는 그녀에게 헌신적이었다.
그런데 모든 것이 다 갖추어지자 그녀는 엄청난 불안에 빠졌다.
그녀는 사과가 떨어질까봐 두려움에 떨다가
결국 사과가 떨어지기도 전에 남자친구를 잃었다고 말했다.
베레모를 쓴 남자는 곧 다시 나타났다.
그리고 그녀에게 십년은 먹을 수 있을 정도의 사과를 선물했다고 한다.

사람들은 두 가지 이유로 불안에 떤다.
너무 불안해서 혹은 너무 행복해서.

문제는 자신도 모르는 사이에 마음이 왔다갔다 한다는 것입니다.

처음에는 마음이 '호박'을 달라고 합니다.

그래서 '호박'을 쥐어주면 다음에는 '수박'을 달라고 하죠.

'네가 이럴 줄 알았으면 호박에 줄 그어줄 걸 그랬다' 하는 생각이 들 때
마음은 오이를 달라고 합니다.

자신이 원하는 게 뭔지, 진짜로 아는 데는 참… 오래 걸립니다.

그래서 호박, 수박, 오이, 가지, 복숭아가 모두 진열된 야채과일 가게 앞에서
오래오래 서성이고 있습니다.

규칙, 이모가 말씀하셨다

처음 본 순간, 수정은 그에게 반하고 말았지만
이모의 말을 떠올리며 냉정을 유지했다. 이모는 그녀가 12세가 되던
여름방학에, 고스톱을 가르쳐주면서 포커페이스를 훈련시키곤 했다.
"평상심을 잃지 않는다면, 그 사람은 어디서나 월계관을 쓰지.
고스톱이든 전쟁터든 사랑이든…. 네가 좋아하는 사람이 나타나거든
그 사람 앞에선 절대로 네 마음을 드러내지 마."
이모는 그 말을 마지막으로 남기고 주드 로를 닮은 이탈리아 재벌 2세와
결혼하기 위해 로마로 떠났다.
수정에게 이모는 살아 있는 위인전이었다.

수정은 그 남자가 자신을 좋아한다는 증거를 검토하기 시작했다.
그리고 간단한 실험을 했다.
수정이 다른 남자와 이야기하며 그 사람을 무시했을 때
그로부터 즉각적인 반응이 나타났다.
어느 날 수정은 그에게 미소를 지으며 이렇게 말했다.
"소파를 사고 싶어요."
그는 수정과 함께 소파를 보러 다녔고, 그날 저녁 수정이 새로 산 소파에
앉아서 DVD를 보게 되었다.
두 사람은 일과가 끝나면 매일 만나 저녁을 같이 먹었다.
하지만 세 달이 지나도, 그 남자는 수정에게 고백하지 않았다.
어느 날 저녁 포커를 치다가 수정은 이모가 알려준 규칙을 깨고
그에게 물어보고 말았다.
"왜 나한테 좋아한다는 말을 하지 않아?"

그러자, 그는 떨떠름한 표정으로 이렇게 대답했다.
"네가 날 계속 좋아하게 하려고."
그래서 수정은 이렇게 다시 물었다.
"너에게도 이모가 있었니?"

수많은 연애지침서들이 있습니다.
어딘가 조금은 닮아 있는,
하지만 항상 새로운 러브스토리를 듣다보면
항상 이렇게 말하고 싶어져요.
'그냥 던지세요. 사랑은 자존심을 버리는 것입니다.'
사실 연애에 무슨 기술이 필요 있을까요.
소심한 마음을 기술로 감추려는 것뿐….

길이 막혀서요

그녀가 K에게 전화를 걸자 그는 '순수하게도' 평소보다 훨씬
긴장한 목소리를 들려주었다. 그녀는 그것이 그의 장점이라고 생각했다.
감정을 잘 감추지 못하는 사람은, 잘 감추는 반대의 유형보다 덜 위험했다.
감정을 잘 감추는 사람들은 대개 치유되지 못한 상처가 있거나
혼자 있는 시간이 너무 길었던 사람이다.
그녀가 전에 알았던 P가 그런 타입이었다.
그 사람은 어린 시절 어머니가 마트에 데리고 갔다가 그대로 방치한 덕에
지금까지 마트의 장난감 코너에서 혼자 서 있는 사람이었으니까.
그러니 사랑이니 뭐니 잘 될 리가 없었다.
그녀는 K와 다음날 만나기로 약속을 했다. 그리고 다음날 그녀는 K에게
가기 위해 좋은 향이 나는 바디크림을 바르고 눈 위에 마스카라를 발랐다.
그리고 장롱 안에 있는 옷의 3분의 1을 꺼내 고민한 끝에
마침내 한 벌을 찾아냈다. 그녀는 잠깐, 아주 잠깐 동안 이런 일이
지겹다는 생각을 했지만 그래도 곧 이렇게 마음을 고쳐먹었다.
"K는 좋은 사람이야. 나를 행복하게 해줄거야."
그런데 길이 막혔다. 그녀는 진땀을 흘리며 운전했지만
약속시간에는 이미 한 시간 이상 늦어버렸다. 도로 위에서 신경이 곤두서고
머리가 무거워진 그녀는 K에게 오늘 약속은 취소해야겠다는 문자를 보냈다.
그리고 좌절한 기분이 되어 이렇게 중얼거렸다.
"정말 길이 막혔어. 나는 최선을 다했지만, 길이 막힌 거야."
도로가 유난히 붐빈다면, 그 길은 가고 싶지 않은 길일지도 모른다.
그녀는 차를 돌려 P의 사무실 앞으로 갔다.

70

마음 한 숟가락을 떠내, 따뜻한 물에 넣은 후

휘휘 젓다가 그대로 내버려두었습니다.

그리고 잠시 후, 밑에 가라앉아 있는 앙금들을 분석해보았죠.

그 안에는 이런 것들이 있었습니다.

하나, 나를 사랑해주는 사람에게 조금 더 잘 할 수 있었는데…하는 후회 1g

둘, 늘 막히는 도로만 골라 다니는 길치인 내 자신에 대한 불만 2g

셋, 내가 진짜 가고 싶었던 길, 진짜 좋아했던 사람에 대한 미련 3g

완벽한 커플 ●

그들은 누가 봐도 완벽한 커플로 보였다.
사람들은 그들에게 이렇게 묻곤 했다.
"정말 부러워요. 어쩜 그렇게 잘 어울리세요?"
그러면 수정은 웃으면서 이렇게 대답했다.
"상대방이 원하는 걸 들어주거든요."
그들이 다투고 난 후에도, 사람들은 그들이 곧 화해할 거라고 생각했다.
그들은 완벽한 커플로 보였기 때문이었다.
그런데 그들이 삐걱거리기 시작했다. 그럴 때면 수정은 참담한 심정이
되곤 했지만 애써 태연한 척하며 이렇게 말했다.
"아무리 재미있는 영화라도 상영 시간이 정해 있는 거야."
수정이 이렇게 말하면, 여자친구들은 수정을
'착한 남자를 괴롭히는 이기적이고 냉정한 여자'로 몰아가곤 했다.
시간이 좀더 지나자, 수정은 한 걸음 더 떨어져
문제를 바라볼 수 있게 되었다. 그래서 친구에게 진실을 털어놓았다.
"우리는 둘만 있었던 적이 거의 없어. 둘만 있으면 항상 싸우거든.
다른 사람들이 볼 때는, 완벽한 커플이 된 것처럼 연기했어.
우리는 완벽한 커플이 되길 원했어.
헤어지는 일은 없을 거야. 지금도 완벽하니까, 겉으로는…."
그 남자가 원하는 것은 다른 사람에게 자랑하고 싶은 여자 친구였다.
그녀는 '불행하게도' 그런 조건을 모두 갖추고 있었다.
하지만 그녀는 이내 이것은 사랑이 아니라는 생각을 하기 시작했다.
두 사람이 바라보는 곳이 달랐기 때문에 그들의 관계는 비틀거렸다.

세일즈맨들은 고객들의 생일 때마다 기념품이나 이 메일을 보내고,
때로는 고객 집안의 대소사까지 처리해줘서 마치 가족 같은 기분이 들게 하죠.
사랑에 빠진 사람과 세일즈맨의 행동은 적어도 겉으로는 똑같은 것처럼 보입니다.
그렇다면 우리는 사랑이라는 목적을 이루기 위해 어떤 상대에게
남다른 친절을 베풀고 있는 걸까요?
세일즈맨은 A라는 고객을 놓쳐도 B부터 Z라는 고객을 만날 수 있습니다.
하지만 사랑에 빠진 사람은 머리보다 가슴이 앞섭니다.

오직 하나만 생각하죠.
…바로 그대.

사랑이 멀어져가는 소리

수영은 크리스마스 이브에 흰 장갑을 선물하면서
그에게 잘 다녀오라는 인사를 했다.
하지만 그는 겨울방학 내내 고향집에 머물렀고
그녀에게 별다른 이유를 설명하지도 않았다.
수영은 늘 그래왔듯이 그가 무심하다고 생각했고, 다시 한 번 상처를 받았다.
수영도 그와 자신 사이에 무엇이 일어나고 있는지 잘 알고 있었다.
그는 수영이 그를 그리워한 만큼 그녀를 그리워하지 않았던 것이다.
수영은 마음이 쓸쓸해질 때마다 오래된 전설을 떠올렸다.
여자는 남자의 갈비뼈로 만들어졌다는 옛날 이야기를 떠올릴 때마다
자신이 그의 일부가 된 것 같아 휑하던 마음이 따뜻해졌다.
한편으로는 그런 자신이 안쓰럽기도 했다.
얼마 전 겨울 코트를 사면서 수영은 다가올 겨울을 생각했다.
올 해 크리스마스에는 새로 산 코트를 칭찬해줄 사람도
크리스마스 선물을 줄 사람도 없을지 모른다.
그가 떠나가려는 준비를 하고 있을지도 모른다.
하지만 설령 그렇다고 해도 견딜 수 없는 일은 아니라고 생각했다.
수영의 가족들은 그녀가 아주 어릴 때부터 해마다 12월이 되면
창고에서 크리스마스 트리를 꺼내어 지팡이와 별을 달고 기뻐했다.
그리고 다시 한 달이 지나면, 들썩거리는 축제의 기억은 뒤로 하고
트리를 분리해 어두운 창고에 넣었다. 다음 크리스마스가 오기 전까지
축제의 기쁨은 창고 안에서 숨죽이며 기다리는 것이다.
크리스마스 트리를 분해할 때는 종이 흔들려 종소리가 유독 크게 들렸다.
그녀는 그 소리를 듣고 있었다. 사랑이 어두운 창고로 들어가려 하고 있다.

다신 내 옆에 오지 마 하고 말해주고 싶은 것,

소심한 어깨와 상처 받으려고 태어난 마음.

항상 곁에 두고 싶은 것,

비 오는 창가를 바라보던 오후의 추억.

유쾌한 농담이 오갔던 친밀한 사람들과의 저녁 식사,

무지개에 걸터앉아 노래를 불러주는 친구,

언제나 내 편이라고 말해주는 사람.

꼭 말하고 싶었던 것,

만일 이별을 준비하고 있다면

내가 지칠 때까지 기다리지 말고

단숨에 말해줘.

그게 견디기 쉬우니까.

장난은 아니었어

카메라의 필름 감기는 소리가 날 때마다 해변의 바람이 연상되곤 했다.
어린 시절, 그녀의 가족은 다른 가족들과 함께 동해안으로 여행을
떠난 적이 있었다. 바다의 촉감은 매혹적이었지만, 해안은 급격한 경사를
이루고 있었다. 그녀가 슬리퍼를 벗고 파도를 발끝으로 희롱하자마자
바다는 나무라듯 어린 그녀의 가슴께를 금방 넘어버리고 말았다.
태양이 가장 빛나던 순간에, 깊고 푸른 공포가 다가왔다.

그녀는 최근에 인터넷 동호회를 통해 이미 오래 전에 단종된
두껍고 시커먼 바디를 가진 필름 카메라를 샀다. 디지털 카메라가 이미 두 개
있었지만 구형 필름 카메라를 갖고 싶었고, 마침 게시판에 그녀가 원하던
물건이 올라와 입 안 가득 군침이 고이고 말았다.
들뜬 발걸음으로 카메라를 사기 위해 약속장소에 도착했을 때
세련된 옷차림의 말끔한 신사가 오래 전부터 그녀를 기다렸다는 듯한
표정으로 그녀를 쳐다보았다.
"필름 카메라를 사려는 걸 보니, 취향이 저와 비슷하시군요.
필름 카메라 마니아는 일부러 불편한 걸 선택하는 사람들이죠."
그는 그녀가 말하지도 않았는데 카메라 가격을 20% 정도 깎아주었고
그녀는 답례로 그에게 맥주를 샀다. 그것이 그와의 첫 만남이었다.

거부할 수 없는 장점은 결국엔 치명적인 단점이 된다.
사람을 사귀는 것은 파도에 발을 내딛는 것과 비슷하기 때문이다.
그녀는 그를 사귀는 동안 암실에서 필름이 익어가기를 기다리듯
그의 반응을 매번 조바심 내며 기다려야 했다.

그녀는 또한 그에게 마음을 털어놓을 수가 없었다.
만약 그렇게 하면 그가 떠나버릴까봐 두려웠기 때문이었다.
그녀는 궁리했다.
사랑을 생각할수록, 사랑은 불편해졌다.
어느 날 그녀는 새로 구한 필름 카메라를 만지고 있던 그에게
좋아하는 카메라 기종을 말하듯 담담하게 작별인사를 했다. 그가 물었다.
"너에겐 이 모든 게 장난이었어?"
그녀는 조금도 망설이지 않고 대답했다.
"아니, 사랑에 장난이 어디 있니. 마음이 가는 대로 했을 뿐인데….
나는 너를 정말 좋아했어. 그래서 더 가까이 갈 수 없었어.
너무 가까이 다가가면 네가 멀어질까봐…."

"장난하십니까?"라는 말의 사용방법.
100원을 주며 사과를 사오라는 사람에게, "장난하십니까?"
낯선 사람이 옆구리를 쿡쿡 찌르면, "장난하는 겁니까?"
도서관에서 애정행각을 벌이는 커플에게, "이런 데서 장난하십니까?"
하지만 사랑에는 장난이란 말이 어울리지 않습니다.
여기는 영상과 자막이 흐르는 장난의 시대, 우리는 찰나에 삽니다.
사랑을 지속시키기 위해 필요한 것은 무엇일까요?
그것은 이별의 두려움을 잊을 수 있는 용기. 또는 나를 잊는 것….

떠나지 말아요, 당신을 이토록 그리워하니까

누구에게나 그런 순간이 있다. 그녀는 지독한 슬픔에 빠져 있었다.
아무리 내려가도 발이 닿지 않는 깊은 우물에 빠지고 말았다.
모든 것이 정지한 채 슬픔만 흘러갔다.
그때 창문 밖에서 피아노 소리가 들려왔다. 그것은 베토벤의 소나타였다.
'누가 이런 곡을 이렇게 아름답게 연주할까?' 하고 생각했던 것도 잠시,
곧 아름다운 선율이 주는 위안에 빠져들고 말았다. 음악을 들으면
인간의 위대함을 느낄 수 있다고, 지금은 세상을 떠난 그가 말했다.
그녀는 포도 주스를 마시고 '으흠, 다시 시작해야지' 하고 중얼거렸다.

다음날도 같은 시간에 같은 곡이 들려왔다.
아파트에 살고 있는 그녀에게 이웃 친척들이 들려주는 소리란
부부가 싸우는 소리거나 아이를 심하게 다루는 엄마의 소리였기 때문에
베토벤의 소나타, 그것은 가뭄 끝의 단비 같았다.
어느 날 그녀는 피아노를 연주하는 사람이 못 견디게 궁금해서 창문에
위태롭게 걸터앉아 소리가 들려오는 쪽으로 고개를 내밀어본 적이 있었다.
그것은 분명히 위층이었다.
며칠 후, 그녀는 경비실 아저씨에게 물어보았다.
"아저씨, 우리 위층에 누가 살아요?"
아저씨는 택배 물건을 내밀면서 이렇게 말했다.
"아가씨도 무슨 소리를 들었나봅니다."

그녀가 그렇다고 말하자,
경비 아저씨는 고개를 끄덕이며 이렇게 말하는 것이었다.

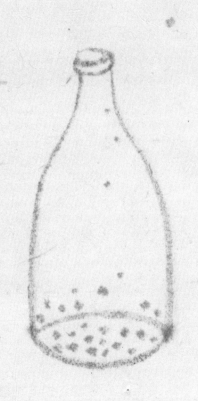

술병 속으로 빨리 떨어진다.

지훈
2007훈

"그 집에서 사람들이 싸우는 소리가 난다고도 하고
어떤 사람은 그 집에서 공사하는 소리가 난다고도 하고
다른 집에서도 민원이 많았어요. 참 희한하죠?
그 집은 오래 전부터 비어 있었다고요."
그녀는 자기가 들은 것은 피아노 소리였다고 말하지 않았다.
베토벤의 소나타는 그가 즐겨 연주하던 노래였기 때문이다.
고양이는 사라졌지만 방울 소리가 남아
그녀를 위로해줬던 것이라고 믿고 싶었다.
그는 아직 그녀 곁에 있었다.

깊은 우물 바닥에 혼자 앉아 있는 기분.
사랑하는 사람을 떠나보낸 사람은 그런 곳에 살게 됩니다.
하고 싶은 말이 많아지면, 아무 말도 할 수 없게 됩니다.
그럴 때는 견디는 수밖에 없어요. 지독하죠.
상처는 나을까 싶으면 실크 옷자락에도 스쳐 또 벗겨집니다.
하지만 상처 받은 경험이 있는 사람은 언젠가는 다시 건강해진다는 것을 압니다.

내겐 너무 완벽한 그대

컴퓨터 본체에서 노 젓는 소리가 날 때 A/S 센터의 전화번호를 찾아야 한다.
또 자동차 뒷바퀴에서 기차 달리는 소리가 날 때
가까운 정비소로 달려가야 한다. 그런데 3년간 사용한 남자의 목소리가
어느 날 퉁명스럽게 변하면서 전화를 걸기만 하면
"나 주말에 바빠. 동창 모임 있어" 하고 말한다면
그것은 그가 이미 침대 밑에 다른 꿈을 감추고 있다는 얘기일 것이다.

"그는 곧 떠날 거야, 그것도 새로운 여자와" 하고 중얼거리면서
그녀는 전화를 걸었다.
"거기, '말없는 친구' 본부죠? Dr. T 계신가요?"
Dr. T는 그를 수술대 위에 올려놓은 채 그녀에게 말하기 시작했다.
"저한테 K1을 기증하시면 어떻겠습니까. 저도 K1의 고장 원인을 좀더
연구해봐야겠습니다. 대신 제가 새로 나온 기종으로 교환해드리죠.
그 사이보그는 서비스 정신이 한층 업그레이드 되었습니다.
뭐랄까. 여자를 잘 아는 녀석입니다."
그녀는 정중히 그 제안을 거절했다.
"K1을 3년이나 남자친구의 용도로 사용하는 바람에 다른 사이보그에겐
익숙해지기 힘들 것 같아요. 그냥 고쳐서 쓸게요" 하고 말했다.
K1은 비록 Dr. T의 기업 '말없는 친구'에서 태어난 사이보그였지만,
그녀에겐 오래 전부터 사이보그 이상으로 느껴졌다.
Dr.T는 그녀의 눈을 보더니 이렇게 말했다.
"그는 고장 난 게 아니었군요. 그의 성능은 완벽합니다.
당신이 가장 원하는 걸 제공하고 있는 셈이니까요.

당신은 뭐랄까. 지금 '고도로 집중된' 사랑을 원하고 있죠?

그런 감정은 상대방이 떠나가려는 조짐을 보일 때 가장 불타오르거든요.

그는 당신이 원하는 것을 주기 위해

일부러 떠나는 척 연기한 겁니다."

Dr. T는 미소를 지으며, K1의 전원버튼을 눌렀다.

K1은 눈을 뜨며 듣기 좋은 목소리로 말했다.

"Hi, Stranger~"

그것은 그녀가 좋아하는 영화의 가장 멋진 대사였다.

2012년 서울. 사람들의 머리 위에는 휴대용 전광판이 떠 있습니다.

그것이 최신 유행이었죠. 사람들이 자신이 하고 싶은 말을

손목에 찬 휴대용 컴퓨터에 입력하면 머리 위 10cm 높이 위에 홀로그램 글씨가

떠오르게 됩니다. 사람들이 가장 애용하는 문구는 이런 것이었어요.

"Hi, Stranger^^"

오래 전엔 이런 말이 쓰였다고 해요.

"시간… 있으십니까?"

봄날오후 정지된 듯한 시간 부드러운 먼지
여린 빛깔의 꽃들 여러 번 뿌리는 빗줄기
빗방울이 떨어지는 소리
피아노 소리를 줄여본다.

그냥 친구로 지내자

"우리, 앞으로 그냥 친구로 지내자."
정우가 이렇게 말했을 때조차도
아영은 다른 곳을 쳐다보면서 담담하게 말했다.
"난 친구는 이미 많아. 그리고 난 좋은 애들만 친구로 곁에 둬.
그러니까 넌 어렵겠어."
그래서 정우는 아영을 떠난 후에는 그냥 친구 사이도 아닌
완전히 남이 되었다. 그들은 우연히 학교에서 마주쳐도 인사하지 않았고,
자판기 커피를 뽑을 동전이 딱 하나 부족할 때도 서로에게 부탁하지 않았다.

그러던 어느 날, 정우가 도서관에 들어와 아영 옆에 앉았다.
아영은 계속 책만 들여다보고 있었다.
"모른 척하고 지내는 거 너무 힘들어. 그냥 친구로 지내면 안 될까?
인사도 하고 가끔은 밥도 먹고 도서관 자리도 대신 잡아주고 말야."
그때 옆자리에 앉아 있던 여자가 '시끄러워' 라는 표정으로
안경을 닦으면서 정우를 무서운 눈빛으로 노려보았기 때문에
정우는 자기 자리로 돌아가버리고 말았다.
정우는 소프트 렌즈를 욕실 바닥에 떨어뜨린 사람처럼
뿌옇게 변한 세상을 조금씩 기어가는 기분이었다.
그는 점점 초조해졌다. 아영이라는 존재가 그에게는 커다란 짐처럼
느껴졌는데, 막상 짐을 내려놓자 자신이 무엇인지조차
알 수 없게 되었던 것이다.

자신은 아직도 그 짐 안에 있었다.
몇 달이 흐른 후에 정우가 아영을 다시 찾아왔다.
"다시 사귀자. 내가 어떻게 하면 날 용서해주겠니?"
아영은 조용히 말했다.
"한 달 전에 그렇게 말하지 그랬어. 처음엔 네가 다시 돌아오게 하려고
널 완전히 잊은 척 연기했어. 아주 오래… 괴롭고 힘들었지.
그런데 연기를 오래 하다 보니 마음도 그렇게 따라가더구나.
이젠 정말 잊었어. 미안해."

오래된 습관은 이미 현실이라고, 얼마나 많은 사람들이 말해왔던가.

사랑하는 연기를 하면 사랑하게 되듯
잊는 연기를 하면 잊을 수 있습니다.
하지만 그래도 깊은 바다에서 해파리가 움직이듯
보이진 않지만 존재하는 것들이 있습니다.
옛날 연인의 사진을 보던 여자가 이렇게 중얼거립니다.
"사랑해."
그리고 그것은 이미 사실이 아님을 깨닫습니다.
사랑이 가고 난 후에도 습관은 오래 남습니다.

담배 연기와 사랑의 무게

그녀의 어머니는 마늘을 까다가 눈물을 흘리고 있는 그녀에게
이런 얘기를 들려주셨다.
"네가 처음 일어섰을 때가 언제인지 아니? 어느 날 아버지가 네 옆에서
담배를 피셨는데, 네가 벌떡 일어나서 그걸 잡으려고 끙끙대더구나."
어린아이들은 담배연기를 볼 때도 어른과는 다른 눈으로 보는 것이다.
아직까지 눈에는 보이지만 손아귀에 넣을 수 없는 것이 있다는
사실을 깨닫지 못하니까.
영화 〈스모크〉에는 담배 연기의 무게를 재는 방법이 나온다.
우선 태우지 않은 담배를 저울에 올려 무게를 재고
담배를 태운 다음, 담배와 재를 모아 무게를 재서
처음 무게에서 빼면 연기의 무게가 나온다는 것이다.
또 이것과 비슷한 실험도 있었다.
영혼의 무게도 마찬가지 방법으로 재면 된다는 것이다.
그러니까 어떤 사람이 사망하기 직전에 체중을 재고
거기서 사망한 직후의 무게를 빼면 약간의 차이가 나는데
그것이 바로 영혼의 무게라는 얘기.

그렇다면 이런 것도 가능할까?
사랑을 잃고 난 후에 식욕이 없어져서 체중이 3kg 빠졌다면
그 사람이 잃은 사랑의 무게는 3kg이다.
그녀는 일주일 만에 3kg이 빠졌다.
마늘 때문에 운 것만은 아니었던 것이다.

아이들은 부모님이 양쪽에서 손을 잡아 휭~하고 그네를 태워줄 때

보통 숨이 넘어가도록 웃으면서 좋아하는데요.

거기엔 이런 이유가 있지 않을까 해요.

자신이 어떤 사람의 손에 전적으로 의지하고 있을 때

사랑받고 있다는 느낌을 강하게 받기 때문이죠.

그런데 어른들의 사랑은 달라요.

훨씬 더 행복한 사람은 오히려 손을 내미는 쪽,

그러니까 보살핌을 베푸는 쪽인 것 같습니다.

누군가가 자신의 손길에 의지하고 있다는 생각이 들면

자기가 꼭 필요한 사람처럼 느껴집니다.

그때 자신의 존재감이 거대한 풍선처럼 부풀어 오르거든요.

그래서 말하지 못했다

"그러니까 나한테 거짓말을 해봐" 하고 그가 그녀에게 말했던 것은
떠들썩한 만우절의 뒤풀이 행사 같은 것이었다.
그녀는 눈을 약간 위로 뜨고 하늘의 별을 바라보는 표정을 짓더니
이렇게 말했다.
"나는 남들이 어떤 말을 해도 영향 받지 않아. 언제나 자기 확신에 차 있거든."
그게 거짓말이냐고 물었더니, 그녀는 고개를 갸우뚱했다.
자신도 그게 거짓말인지 아닌지 모르겠다는 것이다.
사실 누구나 다면적인 속성이 있기 때문에 이것에도 저것에도
속하게 마련이다. 그는 자신은 진짜 거짓말을 해보겠다고 말했다.
"나는 나무를 좋아하지 않아."
그녀는 박수를 치면서 정말 완벽한 거짓말을 했다고 말해주었다.
하지만 그는 거짓말을 하자, 기분이 매우 나빠졌다.
그는 너무도 나무를 사랑하기 때문에 그런 말을 하는 것조차
나무한테 미안한 생각이 들었던 것이다.
그녀는 그런 그를 보더니 이렇게 말했다.
"역시 거짓말은 좋은 게 아니었어."
그리고 혼잣말 하듯 중얼거렸다.

"내가 누구를 좋아하지 않는다는 거짓말을 할 때 마음이 아픈 건,
그를 사랑하기 때문이야.
그래서 나는 너를 좋아하지 않는다고 말하지 않았어.
한 번도…."

사랑하는 사람에게 사랑하지 않는다고 말하는 사람은 없을 겁니다.

하지만 행동은 그렇게 하는 경우가 있어요.

마치 좋아하지 않는 것처럼.

바쁘거나 작전이거나 아니면 배려심이 부족하다는 핑계로

'너를 좋아하지 않아'라고 말하지 말아요.

설령 그것이 태도일 뿐이라도

사람들은 대개 불안감에 시달리고 있습니다.

사랑에 깊이 빠질수록 자신이 누구였는지 점점 잊어버리기 때문에….

주머니 안에 든 것

미호는 작은 주머니를 갖고 다녔다. 민식은 항상 그것을 궁금해했다.
미호는 그 주머니에 대해서 언급하지 않았고 열어보지도 않았고
눈길 한번 제대로 주지 않았지만 언제나 그것을 잃어버리지 않으려고
세심한 주의를 기울였기 때문이었다.
민식의 생일이 되었다. 생일 케이크를 자르면서 민식에게 미호가 물었다.
"어떤 선물이 받고 싶어?"
그러자 민식은 이렇게 대답했다.
"네가 갖고 다니는 주머니 안에 무엇이 들어 있는지 가르쳐줘.
그게 내가 받고 싶은 선물이야."
하지만 미호는 그것만은 가르쳐줄 수 없다고 말했다.

그날 이후, 민식은 세상 무엇보다도 그 주머니의 정체가 궁금했다.
그 안에 있는 것만 알게 된다면 이 세상을 다 가진 것 같은 기분이 될 것만
같았다. 자신도 이해할 수 없는 강박적인 사고가 그를 괴롭혔다.
한번은 미호가 잠을 자고 있는 사이, 몰래 주머니를 열어보려고 했다.
그때 미호는 갑자기 눈을 뜨고 이렇게 말했다.
"그러면 후회하게 될 거야."
민식은 미호가 자신보다 주머니 안에 있는 것을 더 사랑한다고 생각했다.
그것은 어쩌면 지난간 연인에 관한 추억일지도 모른다고 생각했다.
만일 그렇다면 미호는 자신을 진심으로 사랑하지 않는 것임에 틀림없다.
민식은 주머니 때문에 신경이 쓰여 아무것도 할 수가 없었다.

주머니를 의식한 이후, 두 사람은 점점 멀어져 갔다.
마침내 민식은 미호가 술에 취한 날, 그녀의 주머니를 열어보았다.
하지만 주머니 안에는 아무것도 없었다. 미호는 그 사실을 금방 알아챘다.
그리고 미호는 민식에게 이별을 고했다. 그녀가 말하길,
주머니 안에는 두 사람이 처음 만난 날의 공기가 담겨 있었다는 것이다.
그녀는 그 주머니를 부적처럼 여겼다고 했다.
주머니가 열리지 않으면 두 사람의 사랑도 영원할 것이라고
생각했다는 것이다. 미호는 울먹이며 말했다.
"돌이킬 수 없어. 주머니를 연 순간 잃은 건 공기만이 아니야."

어제가 남긴 것. 이해심 혹은 편견.
내일이 주는 것. 야심 혹은 두려움.
사랑이 남긴 것. 후회 혹은 교훈.

까다로운 당신의 마음에 들기 위해서라면

"시끄러운 사랑 노래를 불러줘." 그녀가 그에게 전화로 이렇게 말하면,
그는 "동해물과 백두산이~" 하고 록큰롤 애국가를 불렀다.
과연 떠들썩하고 또 사랑에 관한 노래이기도 했다. 나라를 사랑하는
노래니까. 그런데 보면 볼수록, 그는 그녀의 취향이 아니었다.
그녀는 그의 사랑을 가끔 이용했다. 그런 그녀가 얼마 전부터 고양이를
키우기 시작했는데, 고양이를 키우게 되면서부터는 온종일 어떻게 하면
고양이를 즐겁게 해줄 수 있을까 하는 생각만 했다.
"그래, 그 사람한테 고양이와 놀아주라고 하자."
그는 전직이 고양이 보모였을 가능성이 90% 이상으로 보였다. 그를 당장
고용하고 싶다는 생각이 들 정도로 그는 고양이와 잘 어울렸다.
그녀가 "너 고양이하고 살아본 적 있어?" 하고 물었을 때
그는 그렇다고 대답했다. 그는 고양이를 진심으로 좋아하는지 고양이처럼
방을 기어 다니고 고양이처럼 말을 하고 있었다. 그걸 몇 시간 동안
보고 있자니 그와 사귀든지 키우든지 둘 중 하나를 택해야겠다는
생각이 들 정도였다. 그녀는 비용 문제 때문에 사귀는 쪽을 택했다.
"저렇게 큰 고양이는 사료비도 엄청 들 거고
키우는 것보다는 사귀는 게 훨씬 경제적이겠어."
그러던 어느 날 그녀는 냉장고에서 우유를 꺼내다가 바닥에 쏟고 말았다.
그것을 본 그는 바닥에 엎드려 우유를 핥기 시작했다. 그녀는 깜짝 놀라
화를 내며 소리를 질렀다. "지금 뭐하는 짓이야? 왜 이러는 거냐구!"
그러자 그는 고양이 울음소리를 내며 이렇게 말했다.
"너는 내가 사람일 때는 사랑하지 않았어. 내가 고양이라면 사랑해줄 거라고
생각했지. 그래서 결국 나는 고양이로 변하는 저주에 걸렸어."

the
f.ur
Seas.ns

사랑을 묻지 말아요 ●

"녹음기는 포기해요. 내 목소리는 어차피 녹음되지 않을 테니까요."
그녀의 목소리에는 거부할 수 없는 기운이 있어서 월간 〈호러와의 조우〉의
정 기자는 최면에 걸린 것처럼 녹음기를 껐다.
〈호러와의 조우〉라는 이름에 끌려 잡지사 문을 두드릴 때만 해도
편집장이 이런 해괴한 취재를 시킬 줄은 상상도 못했다.
편집장은 그에게 전화번호를 내밀며 이렇게 말했던 것이다.
"자네 휴가 가고 싶다고 했지? 강릉으로 여행 가는 건 어때? 강릉 가서
이 번호로 연락해봐. 휴가도 즐기고 취재도 하고 말야. 수습기자 시절부터
날 도와주던 취재원이야. 내 이름 대고 큰 거 하나 물어오라구."
강릉에 도착해 바다 냄새를 맡으며 전화를 걸어 편집장의 이름을 대자
그 정체 모를 취재원은 해변가에 있는 다 쓰러져가는 건물로 오라고 했다.
약속한 장소에 도착하니 아름다운 여자의 모습을 하고 있는
흡혈귀가 기다리고 있었던 것이다.
그는 그녀에게 '뱀파이어와의 인터뷰'라는 제목으로
기사를 쓰고 싶다고 말했다. 그러자 그녀는 지적인 광채가 빛나는 이마 위로
머리카락을 쓸어넘기면서 이렇게 말했다.
"그 영화는 나도 봤는데, 톰 크루즈가 비로소 탑건의 건강한 아메리칸
이미지를 벗어나죠. 꽤 근사했어요. 악의 미학이 있었어. 난 그런 게 좋더라.
악하지만 지나치지 않은 거. 그런데 아벨 페라라의 〈어딕션〉은 봤어요?
안 봤군요. 그 감독은 그 영화 찍기 전에 날 찾아왔었어요.
그걸 보면 나에 대해 많이 이해할 수 있을 텐데."
정 기자는 그녀가 고대사에서 현대사에 이르기까지
매우 해박한 지식을 갖고 있을 뿐만 아니라

문학, 과학, 인문학, 예술사에 대해 빈틈없는 안목을 갖고 있는 것에
매혹되었다. 그리고 그녀는 손끝의 움직임 하나까지 우아했다.
점점 정 기자는 그녀에게 빨려 들어갔고 평소 궁금하던 것들에 대해
거침없이 물어보게 되었다. 그녀는 매우 신중하고 솔직하게 대답했다.
정 기자는 그녀에게 사랑이 뭐라고 생각하는지 물었다.
그러자 그녀는 이렇게 대답했다.
"사랑에 대해 더 이상 묻지 않는 상태."
정기자는 가장 무서운 것이 무엇이냐고 물었다.
그러자 그녀는 이렇게 말했다.
"시간."
그녀는 차를 끓였다.
그녀는 정 기자에게 차를 권하고 자신도 한 모금 마시더니 이렇게 말했다.
"나도 처음부터 인간을 멀리하고 은둔한 건 아니었어요. 인간과 교류를 했고
친구도 꽤 두었죠. 하지만 끝없이 그들이 소멸해가는 것을 봐야 했어요.
그 중에는 내가 사랑하는 남자도 있었어요. 그들이 늙어 흙으로 사라져갈 때
그것은 정말 가슴 아픈 일이지만 참을 수 없는 부러움을 불러일으키기도
했죠. 나는 그들의 죽음을 질투했어요.
그들은 결국 시간의 감옥에서 벗어나니까."
인터뷰를 마치고 돌아가려는 정 기자에게 그녀는 이렇게 말했다.
"편집장님은 잘 계시나요? 그 사람도 이제 많이 늙었겠죠.
나도 늙는 기분이 어떤 건지 알고 싶어요. 편집장님 장례식에는
저도 꼭 불러주세요. 제가 그의 관 위에 마지막 흙을 덮어주겠어요.
부러움을 담아서."

나는 도로의 감식가야. 평생 길을 맛볼 거야.

이 길은 끝이 없어. 지구의 어디라도 갈 수 있어.

이 길과 똑같은 길을 본 적은 한 번도 없어. 세상의 길은 모두 다르니까….

_영화 〈아이다호〉 중

많은 사람들은 책을 읽는 것으로부터 여행을 시작하죠. 하지만 동남아에 관한

책을 100권 읽는다고 그 안에 동남아가 있는 것은 아닙니다.

현실의 그곳은 책 이상이고 또는 책 이하이니까.

우리의 상상력이 만들어낸, 간드러진 자연과 멋진 사람들은 여행지에 도착하는 순간,

완전히 사라질 수도 있습니다. 그래도 우리는 단 한 번도 여행을 탓하지 않았습니다.

언제나 현실이 상상력을 넘어서지 못한다는 것을 알고 있기 때문이죠.

싱겁게 끝나버릴 걸 알면서도

때로 우리의 인생 전체를 흔들어버릴 줄 알면서도

어쩔 수 없이 사랑에 빠져왔듯이….

남자일까, 사랑일까

그녀와 친구들은 가로수 길에 있는 야외 카페에 둘러앉아 수다를
떨고 있었다. 그날의 주제는 '이럴 때 남자가 필요해'였다.
은실이가 먼저 핏발이 선 웹서핑 후유증 눈동자를 굴리며 이야기했다.
"나는 인터넷에서 회원가입을 할 때마다 회원가입을 대신해주는 남자친구가
있었으면 좋겠다는 생각을 해. 일일이 이름, 번호, 주소치는 게 너무 귀찮아."
은실이의 말이 떨어지기가 무섭게 다른 친구들이 이렇게 말했다.
"차라리 회원가입 자동 프로그램을 개발해. 너, 컴퓨터 잘하잖아."
다음에는 영희가 말했다.
"나는 청소하기 싫거든. 특히 걸레질은 정말 싫어.
걸레질 해주는 남자친구가 있으면 좋겠어."
친구들은 그녀에게 최신형 청소 로봇 카탈로그를 내밀었다.
그 다음으로는 선이가 말했다.
"난 이사 갈 때야. 커튼을 달거나 못을 박을 때마다 남자친구가 필요해."
친구들은 그녀에게 값싼 인테리어 전문가의 전화번호를 주었다.
그런데 가로수 길에 밤이 내리자 대화의 내용이 약간 변하기 시작했다.
먼저 은실이가 말했다.
"얼마 전에 공연을 봤는데, 내가 좋아하는 공연이었어. 그거 보고 정말 수다를
떨고 싶었어. 내가 얼마나 그 순간 행복했는지, 누구에겐가 설명하고 싶었지.
그런데 그게 남자친구라면 좋을 것 같아."
웨이터가 잔을 치우자 입을 다물고 있던 희숙이가 말했다.
"그럼 넌 공감을 원한다는 거야?"
은실이는 고개를 저었다.
"아니, 그런 거창한 걸 기대하는 게 아니야. 나도 연애 몇 번 해봤어.

나는 그저 내가 뭘 좋아하는지 알고 있는 남자가 있었으면 해.
내가 당근은 삶지 않은 채로만 먹는다는 걸 아는 사람."
친구들은 이번에는 아무 이야기도 하지 않았다. 그녀는 오렌지 주스를
한 모금 마시고 매우 시다는 듯 인상을 쓰더니 이렇게 말했다.
"아무리 이런 이야기를 해도 우린 변함없이 외롭잖아."

그녀들에게 정말 필요한 건 남자일까,
아니면… 사랑일까….

당신이 할 수 있는 착각들.
마우스를 누른다는 것이 휴대폰을 꾹꾹 누르고 있다.
차문이 열리지 않아서 긴급출동서비스를
불러야 할까 생각했더니, 그것이 글쎄, 남의 차였다.
외롭다고 생각했는데, 배가 고픈 것이었다.
컵라면이 알려주었다.
평생 미운 오리인 줄 알고 살았는데, 백조였다.
그것을 알려준 것은 사랑이었다.

연애스쿨이 알려주지 않은 것

광화문 사거리에 있는 오이씨를 닮은 빌딩은 겉으로 보기에는
별다를 바 없는 건물이었지만, 10층과 11층 사이에 끼어 있는 방은
'비밀 연애 스쿨'이라는 팻말을 달고 있었다.
매일 10층과 11층 사이의 좁은 공간을 뚫고 들어가 마침내 전 과정을 수료한
그녀는 자신감이 넘쳐흘렀다. 더 이상 실연의 상처 때문에 수면제를
털어넣어야 겨우 잠이 드는 일은 없을 것이다.

그녀는 회사에 취직했다. 출근 첫날, 직장 상사 K가 그녀에게 작은 호의를
베풀었을 때 그녀는 그가 첫 번째 먹잇감임을 알아차렸다.
낭비는 그녀에게는 죄악이었다. 특히 시간의 문제에 있어서는.
그녀는 조금도 주저함 없이 그 남자를 유혹했고 그를 유혹하되,
절대로 사랑에 빠지지 않았다.
남자는 그 해에 피어난 꽃 중에 가장 아름다운 꽃을 그녀에게 선물했다.
하지만 그녀는 꽃향기를 맡지 않았다.
그녀가 다른 남자와 휴가를 보내기 위해 파리행 비행기 티켓을 끊었을 때
K에게서 전화가 왔다.
"나는 당신을 만나 처음으로 살아 있는 기분을 느꼈어. 당신이 나를
사랑하지 않는다는 걸 알지만, 당신에게 진심으로 고맙게 생각해."
그녀는 K가 거짓말쟁이거나, 나약한 남자라고 생각했다.

시간이 무심히 흐르는 동안, 그녀는 또다시 사랑을 '연기'했고
아무도 사랑하지 않으면서 원하는 것을 얻었다.
그녀의 인생은 그렇게 꿈에도 그리던 '심플 라이프'가 되어 갔다.

그러던 어느 날 새벽 2시, 그녀는 혼자 코미디 프로를 보면서
피자를 먹다가 큰 소리로 울고 말았다.
그녀는 이렇게 중얼거렸다.
"K는 나를 사랑했었어."

120% 이상형의 남자아이가 여자아이 앞으로 다가왔습니다.
서로 첫눈에 알아보았죠. 자신들은 완벽한 소울 메이트라는 것을요.
하지만 만성피로보다 더 무섭다는 소심함 때문에
두 사람은 서로에 대한 욕망만 키우다가 각자의 길로 걸어가고 말았습니다.
게릴라처럼 다가왔던 첫사랑이 지나간 후 사랑을 믿지 않게 되었다면
사랑은 없는 걸까요?
많은 사람들이 사랑을 믿지 않는다고 말하지만,
또다시 사랑이 다가오면… 사랑할 수밖에 없습니다.

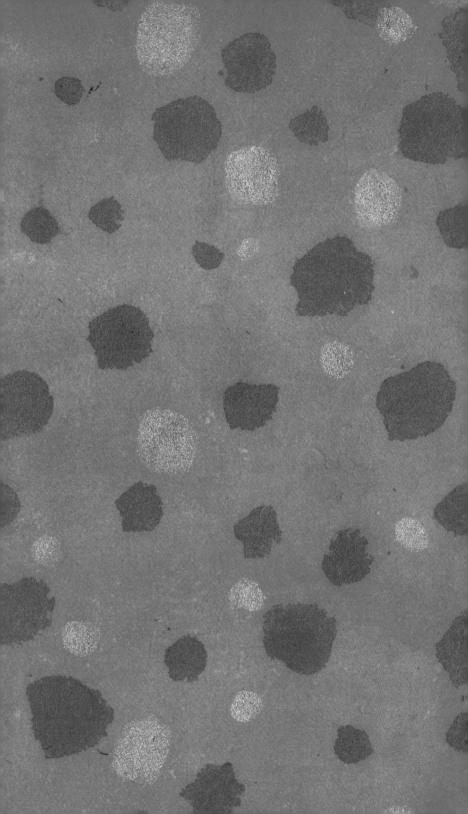

그립다는 것은 이미 그것을 알고 있다는 뜻입니다.
과거에는 곁에 있었는데 지금은 없기 때문에,
그것을 아쉬워하는 것이니까요.
초등학교 때 전학 간 친구나
대학교 때 만나다가 헤어졌던 남자친구 같이
한때는 자주 만났지만, 지금은 그렇지 못할 때,
'그립다'는 감정이 일어나죠.

그런데 생각해보면, 지나간 모든 것을 그리워하는 건 아닙니다.
왜 특정한 사람만 그리워하게 되는 걸까요.
아직 그 사람과 나의 이야기가 끝나지 않아서,
그 사람을 그리워하는 걸까요?
그렇다면 그리움은 2부의 예고편일지도 모르겠네요.

SCENE 03

우리는 언제 헤 어 지 는 걸 까

마지막 순간에도 궁금한 것

그녀는 길에서 우연히 만난 옛 남자친구에게
이렇게 말하고 싶었다.
'네가 떠난 후에, 그 시간들을 어떻게 버텼는지 잘 기억나지 않아.
널 원망하는 쪽이 차라리 편했어. 원망이 사라지고 그리움이 커지니까
더 견디기 힘들었거든.'
하지만 그녀가 말한 것은 겨우 이 한마디였다.
"날씨가 꽤 추워졌구나."

그들은 2년 전 11월에 헤어졌다.
그녀는 2년 전 그날을 생각하면서
별로 관심도 없는 주식 얘기를 하다가 다시 그와 헤어졌다.
날씨와 주식이라니.
이제 그를 다시 볼 수 없을지도 모르는데….
그리고 그녀는 집에 돌아오자마자 거울을 봤다.
그에게 마지막으로 남을 자신의 모습이
궁금해 견딜 수 없었기 때문이다.

나보다 널 더 사랑한다는 것은
얼마나 어려운 일인가….

첫인상이 관계의 시작이라면
마지막 인상은 그 관계의 결론이거든요.
하지만 언제나 이별을 의연하게 맞는 건 아닙니다.
굳게 다짐을 하고 "그동안 고마웠어요" 하고 말하려는데,
갑자기 목소리가 떨리거나 목이 멜 수도 있죠.
또 어떨 땐 평균대 위에서 재주를 넘다가
실수로 떨어진 노련한 체조선수처럼
남들은 박수를 보내더라도, 자신은 뼛속까지 당황하기도 하죠.

멋진 마지막 장면을 완성하지 못하는 건,
초대했던 것보다 이별이 일찍 방문하기 때문일 겁니다.

이별하고 난 후에 다시 떠나는 법

5번의 이별을 하고 나자 그녀의 마음은 산산조각 나고 말았다.

그녀는 이별을 하고 난 후에도 헤어진 남자와 함께 살았다.

그러니까 이런 생각이 끝없이 이어졌던 것이다.

"내가 그때 그의 자존심을 건드렸던 게 이별의 원인이 되었던 걸까?"

"나는 항상 그 사람에게 이기적이라고 했지만 나 또한 이기적이었어."

그녀는 이렇게 실패한 연애를 분석하면서

이제 막 딱지가 앉으려는 상처를 다시 헤집어놓곤 했다.

더 이상 견딜 수 없다는 생각이 들었고 그녀는 무언가를 해야만 했다.

그래서 약국에 가서 말했다.

"실연에 내성이 생기는 약을 주세요."

약사는 그녀를 흘긋 보더니,

"차라리 주식을 사세요. 요즘 이 약을 만든 제약회사 X의 주가가 얼마나

올랐는지 아세요? 돈 버는 재미에 맛 들이면 실연 따위야 아무것도 아니죠."

그녀는 약사의 충고를 받아들여 약도 사고 주식도 샀다.

신기하게도 약을 복용한 후에는 더 이상 실연으로 괴로워하지 않게 되었다.

게다가 그녀가 약사의 권유로 사들인 X의 주식은

그녀에게 풍요로운 여가의 기회를 주었다.

그러나 약에는 부작용이 따르는 법,

그녀는 실연의 고통에 내성이 생긴 대신, 사랑의 맛을 잃어버렸다.

그녀는 이상형의 남자와 연애를 시작했지만

이번에는 조금도 설레거나 기쁘지 않았다.

그녀가 다시 약사를 찾아가 상황을 설명하자, 약사는 이렇게 말했다.

"그러니까 내가 주식을 사라고 한겁니다.
나도 그 약을 먹어봤거든요."

사랑은 황홀감과 고통의 결합 위에 있다.
어느 한 쪽이 사라지면 사랑은 존재하지 않는다.

헤어진 사람의 전화번호를 기억한다는 것은
술 취한 밤에 무심코 번호를 누를 수도 있다는 뜻입니다.
그 사람의 차번호를 기억한다는 것은
거리를 달리는 자동차 중 같은 모델만 봐도
가슴이 '철렁' 하고 내려앉는다는 뜻이죠.
세상에서 가장 흔한 차는 헤어진 사람이 타던 모델과 같은 차입니다.
그 차만 눈에 들어오니까요.
헤어진 다음날엔 거리에 온통 그 차만 쏟아져나와
'넌 그와 헤어졌어'라고 시위하기도 합니다.

사랑이 충분치 않다고, 노여워하거나 슬퍼하지 말아요.
충분치 않기에 영원할지도 모르니까.

미스터 백미러와의 데이트

희정은 평소처럼 신호대기 중에 화장을 고치기 위해 백미러를 흘깃 보았다.
그런데 그 안에는 그녀의 얼굴 외에 다른 것도 비치고 있었다.
그 순간 그녀가 뒤를 휙 돌아보았지만 뒷자리에는 아무것도 없었다.
그녀는 백미러에만 비치는 그 남자를 향해 말했다.
"하이~미스터 백미러."
남자는 보기 좋은 미소를 지으며 다정하게 대답했다.
"오랜만이지?"
얼마나 그리워했던가, 저 목소리를.
희정은 이렇게 생각하며 눈물이 나도록 기뻐했다.
그래서 운전하면서 집으로 가는 길에,
미스터 백미러에게 지난 몇 년 간 그녀에게 일어났던 크고 작은 사건들을
이야기했다. 남자는 웃음을 터뜨리거나 슬픈 표정을 하면서 그녀의 말에
귀를 기울여주었다. 특히 최근에 헤어진 남자친구에 대해 말했을 때
미스터 백미러의 반응은 그녀가 원하던 바로 그것이었다.
"그 자식 나쁜 녀석이네. 최고의 복수는 그와 헤어진 거야. 잘했어."

미스터 백미러는 120% 그녀의 편이었다.
그녀는 몇 년 만에 처음으로 심장에 온기를 느꼈다.
그러자 희정은 갑자기 미스터 백미러와 곧 헤어져야 한다는 사실을
견딜 수 없게 되었다. 하지만 60, 50, 40, 30….
속도계의 바늘은 점점 내려가고 있었다.
차가 서서히 멈췄다. 백미러의 남자와 헤어질 순간이었다.
희정은 그에게 손을 흔들고 차에서 내려

어두운 복도를 따라 집으로 들어갔다. 그리고 집으로 들어와
화장을 지우기 위해 거울 앞에 앉았다.
그런데 그때 미스터 백미러가 나타났던 것이다. 그가 말했다.
"난 이제 미스터 백미러가 아니라 미스터 미러가 되기로 했어.
이제 거울만 있으면 날 볼 수 있을 거야."
그러자 희정은 웃으며 말했다.
"그럼 너를 오래 보기 위해 시속 30으로 차를 몰지 않아도 되겠구나."

미스터 백미러는 없더라도
우리에게는 모퉁이가 있습니다.
갑자기 강아지를 잃어버린 아이는 모퉁이를 돌기만 하면
잃어버린 강아지가 '멍멍' 하면서 달려들 것만 같은 생각에 사로잡힙니다.
모퉁이를 돌아서 그곳에 가면
그토록 찾아 헤매던 것이 거기에 있을지도 모른다는 생각은요,
그 누군가가 모퉁이를 돌아서 갑자기 나타났던 지난 경험에서 나온 거죠.

그리운 것은 모퉁이 너머에 있습니다.

연애할 땐 하지 못했던 일들

선경의 통통한 볼에는 다섯 개의 점이 있었다.
그녀는 그것을 보고 언제나 이렇게 말했다.
"내 점을 이으면 팬타그램이 되거든. 팬타그램은 인간과 우주의 신비를
나타내는 상징적인 도형이야. 내 점은 그런 거라구. 그러니 절대 빼면 안 돼."
남자친구는 그녀의 이야기를 듣고 고개를 끄덕였다.

시간이 흐르자, 그들도 다른 연인들처럼 이별을 맞게 되었다.
그녀는 어느 정도는 홀가분한 느낌이 들었다.
'더 이상 상처받지 않아도 된다.'
하지만 먹기만 하면 체하는 것이 마음에 걸렸다.
내시경까지 찍어봤지만 정상이라고 했다.
어느 날 거울을 보다가 그녀는 자신을 향해 이렇게 말했다.
"점이 문제야. 이 점들이 불길한 거야."
피부과에 가서 점을 빼고 난 후, 그녀는 한층 밝아진 얼굴로 거리에 나섰다.
그 후 마치 기다렸다는 듯이 그녀에게 좋은 일이 연달아 생겼다.
우선 만성적인 소화불량이 깨끗이 나았고, 만화를 그리기 시작한 지
5년 만에 세간의 주목을 받게 되었다.
게다가 고양이가 귀여운 새끼를 세 마리나 낳았다.
여전히 낮은 짧고 밤이 긴 생활이었지만 그녀의 밤에는 태양이 떠올랐다.

그러던 어느 날, 우연히 길에서 옛 남자친구를 만났다.
그는 선경에게 이렇게 말했다.
"점을 뺐구나. 보기 좋다. 사실, 나도 점 빼라는 얘기를 해주고 싶었는데

그게 쉽지 않았어."
그녀는 이미 점을 피부과 레이저 기계 밑에 두고 왔는데
그는 아직도 점을 얘기하고 있었다.
선경은 그의 휴대폰을 빌려서 점이 없는 자신의 얼굴을 찍은 후에
돌려주었다. 그녀는 그에게 말했다.
"너와 사귈 때 항상 하고 싶었던 일이야."

두 사람은 가던 길을 갔다.

사랑이 떠나갈 때는 카메라에서 필터를 제거합니다.
있는 그대로 보이죠. 그것은 비극일까요?

필터를 제거한 후에도
아름답게 기억되는 사람이 있습니다.
때로 다큐멘터리가
영화보다 더 아름다울 때가 있듯….

고작해야 두드러기

"검사 결과가 나왔습니까?"
세련된 양복을 입고 있는 동건이 묻자,
하얀 가운을 입고 있던 의사가 이렇게 대답했다.
"전화벨 알레르기입니다."
동건은 안경 너머에 있는 주치의 눈을 쳐다보며 말했다.
"역시 예상대로군요."
그러자 주치의는 동건에게 물었다.
"최근 몇 달 사이에 증상이 시작됐다고 하셨죠?
전화 때문에 특별히 스트레스를 받을 만한 일이라도 있었습니까?"
동건은 맛없고 비싼 요리를 먹었을 때처럼
미간을 찌푸리면서 이야기를 시작했다.
동건에게는 오래된 여자친구가 있었는데 그녀의 불만은 늘 같았다.
왜 전화를 자주 하지 않느냐, 왜 전화를 하면 빨리 끊느냐는 것이었다.
동건은 처음에는 그녀를 안심시키기 위해 하루에 다섯 번씩 전화를 하고,
잠자기 전에는 꼭 장시간 통화를 했었다.
하지만 동건은 점점 지쳐갔다.
그녀는 지난 상처 때문에 또다시 상처받을까봐 두려워하고 있었던 것이다.
"전 어떻게 해도 그녀를 안심시킬 수 없다는 걸 알았습니다.
그래서 어느 순간부터는 전화하지 않았어요. 그 후론 전화벨만 울리면
두드러기가 납니다."
동건이 이렇게 말하며 시무룩한 표정을 짓자
주치의는 자신의 가운을 걷어올려 팔뚝을 보이며 이렇게 말했다.

"여기, 이것 보세요, 제 두드러기가 더 커보이죠?
사랑은 식중독 같은 것이죠."

상처받은 사람은 위험하다고 합니다.
그렇다면 위험하지 않은 사람이 있기나 한 걸까요.
우리는 서로에 대한 치명적인 독이자
유일무이한 치료약이 됩니다.
사랑에 빠진다면. 충분히.

꽃이 피는 동안 나는 혼자였다

"무궁화 꽃이 피었습니다."
술래가 이 말을 외치고 뒤를 획 돌아보면
몰래 움직이던 아이들은 '움찔' 하고 놀라면서 움직임을 멈추죠.
술래는 다시 등을 돌리고 서서 혼자 궁리를 합니다.
시간차 공격.
"무궁화 꽃이 피었습니……다" 하고 획 돌아보면
대부분 한 녀석은 걸려들죠. 술래는 씩 웃으면서 걸려든
아이에게 술래의 자리를 물려줍니다.
그런데 술래가 아무리 잔꾀를 써도
아이들이 넘어가지 않을 때가 있어요.
이런 상태가 오래되면 술래는 점점 조바심이 생기기 시작하죠.
"무궁화 꽃이 피었습니다."
"무궁화 꽃이 피었습니다."
아무리 소리쳐보지만 아이들은 닌자처럼 움직이고
술래는 언제 여기서 벗어날 수 있을지
아득하기만 합니다.

두 사람이 됩니다.

사람은 누구나 외로운 법이기 때문에….

그런데 그걸로 해피엔드는 아니에요.

우리가 두려워하는 것은 어린 시절이나 지금이나 같습니다.

같이 있을 때에도, 혼자 남겨지는 기분이죠.

사랑을 할수록 더 외로워질 때,

우리는 다시 '무궁화 꽃이 피었습니다'를 외치는 술래가 됩니다.

그리고 우리 뒤에는 보이지 않는 발을 가진 닌자들이 움직이고 있죠.

영원히 홀로 서 있는 술래, 때로 사랑은 잔인합니다.

단지 위로가 필요했던 거지

헤어진 다음날 그녀의 전화번호를 잊었고 수첩에서 그녀에 관한
기념일을 모두 지웠으며 그녀에게 받았던 선물들을 정성스럽게 포장까지
해서 그녀에게 소포로 붙였다. 그리고 일주일 후 그녀의 소포를 받았다.
한 마에 5000원이나 하는, 모 백화점 선물부에서만 판매하는
고급 포장지로 포장된 그녀의 소포는 걸리버를 생포한 소인국 사람들의
그것처럼, 아주 치밀한 솜씨로 동여매어져 있었다.
포장을 풀어보니, 그가 그녀에게 생일선물로 사주었던 고급 손목시계가
들어 있었다. 결국 서로 이렇게 미워하게 되는 것이 사랑의 끝이라면
애초에 왜 서로를 사랑하게 되는 걸까.

민호는 작은 오피스텔을 얻어 독립했다.
그 작은 오피스텔의 밤은 놀랍도록 적막했다. 수돗물이 똑똑하고 떨어지는
소리에도 벌떡 일어나 수도꼭지를 있는 힘껏 돌리는 짓을 몇 번이나
해야 했고, 복도에서 들려오는 옆집 사람들의 작은 발자국 소리에도 일어나
침대 맡을 서성거려야 했다.
그러다가 민호는 빈약하나마 출구를 찾게 되었는데
그건 24시간 방송되는 케이블 TV였다.
그의 작은 오피스텔은 하루 종일 케이블 TV의 소리로 채워졌다.
이제 빈 공간은 없었다. 민호는 빈 집으로 들어오는 쓸쓸함을 잊기 위해
외출할 때도 TV를 계속 켜두었다.

다시 몇 달이 지났을 때, 민호는 친구의 권유로 소개팅을 했고
진이라는 이름의 여자아이와 즐거운 하루를 보냈다.

집으로 돌아와 진이에게 잘 들어갔는지 묻기 위해 전화를 했다.
그런데 저편에서 들려오는 목소리는 진이가 아니라
그녀였다. 잃어버린 그녀, 잊어버린 그녀, 나의 ex-girlfriend… 그녀였다.
당황해서 아무 말도 하지 못하고 전화를 끊었다.
심호흡을 한 번 하고 나서 최근 통화 목록을 확인해보았다.
민호는 진이에게 전화를 건 것이 아니라 그녀에게 전화를 건 것이 분명했다.
머리는 그녀의 전화번호마저 잊어버렸지만
손가락은 그녀에게로 가는 지도를 외우고 있었던 것이다.
그 순간, 펑하고 요란한 폭음이 들렸고 민호는 잠시 정신을 잃었다.
지난 몇 달 동안 계속 TV를 틀어놓았기 때문에 브라운관 과열로
TV가 폭발한 거라고 A/S 직원이 딱하다는 표정으로 말했다.
민호는 새 TV 세트를 샀다.

TV 보다는 라디오가 안전합니다.
 게다가 라디오에서는 가끔 이런 노래도 나와요.
이 노래를 들으면 찻잔에 가득 담긴 커피를 들고 갈 때도
출렁거리거나 넘치지 않을 겁니다.

'Simon & Garfunkle'이 부른 아름다운 노래입니다.
'April Come She Will'

너무 많이 웃는 ●

항상 웃는 소년이 있었다.
소년은 누굴 만나든지 어떤 얘기를 하든지 항상 웃는 얼굴이었다.
그런 소년을 두고 어른들은
"앤 착하기도 하지, 언제나 방글방글 웃는구나" 하고 말했다.
하지만 소년의 얼굴처럼 마음까지 항상 웃는 건 아니었다.
소년은 또래 친구들이 자신에게 '꺼져' 하고 말할 때도
그저 방글방글 웃었기 때문에 대신 집에 돌아가서 혼자 울어야 했다.
어느 날 한 소녀가 이렇게 말했다.
"넌 착한 척 하지만, 사실은 약한 거야."
그날부터 항상 웃는 소년은 밤마다 기도를 했는데
그 기도의 내용은 '빨리 어른이 되게 해주세요' 였다.
소년은 어른이 되면 더 이상 남 앞에서는 웃으면서
혼자 울지 않아도 된다고 생각했던 것이다.

20년 후, 소년은 웃지 않는 어른이 되었고 대신 혼자 우는 법도 없었다.
그는 원하는 것을 갖기 위해 노력했고
가질 수 없는 것은 아예 원하지도 않았고
지나간 일에 대한 후회나 불안한 미래 따위는 생각하지 않는 사람이 되었다.
그는 냉장고에서 방금 꺼낸 우유를 마시다가
혀끝에 닿은 우유가 오히려 뜨겁게 느껴진다는 사실을 깨달았고
그 순간, 차디찬 자신이야말로 가장 행복한 사람이라고 생각했다.
그런데 다음날 한 여인이 그에게 이렇게 말했다.
"네 곁에 있는 사람들은 너 때문에 상처를 받게 돼."

그리고 그를 떠났다. 그는 24시간 동안 물만 먹었고
계속 "내가 무언가 잘못 선택한 건 아닐까?" 하고 중얼거렸다.

그가 잠든 사이에 한 소년이 그의 머리맡에 다가와 섰다.
20년 전 그의 모습이었다.
소년은 방글방글 웃으며 이렇게 말했다.
"너무 늦었다는 거, 알고 있죠?"
그는 다음날 일어나자 자신이 원하는 것의 항목 중에서 하나를 지웠다.
지워진 글은 짧았다.
'사랑하는 사람.'

약하다는 핑계로 다른 사람을 아프게 하는 일은 하지 말아요.
사람은 누구나 도망치고 싶거든요.
우리를 두렵게 하는 것은, 적어도 수백 가지는 아니었던가요?
상자를 열면 괴물이 나올 거예요.
그때 용기를 내어 한 발 나아가는 것이 사랑입니다.

물품보관함에서 그리움을 찾아가세요

시계의 바늘은 10시를 가리키고 있었다.

그녀는 텅 빈 카트를 밀면서 슬렁슬렁 걸어가고 있었는데, 그녀의
느린 걸음을 탓하기라도 하듯 날카로운 목소리로 안내방송이 들려왔다.

"물품보관함에 '그리움'을 넣고 가신 분

지금 안내 데스크로 찾아와주시기 바랍니다."

그녀는 찌르는 듯한 편두통 때문에 두 눈을 감았다.

"죄송해요. 이런 짓 하면 안 된다는 걸 알고 있지만, 제가 요즘 정신이 하나도
없어서요. 그래서 가방을 넣는다는 것이 그만 그리움을 넣었어요."

그녀는 이렇게 사과하면서 보관함에 넣어두었던 그리움을 건네받았다.

그리움은 떨고 있었고 버림받았다는 절망적인 체험 때문에

그녀와 눈을 마주치지도 않았다.

"다시는 보관함에 이런 걸 넣지 마세요. 보관함은 사물만 보관하는 곳입니다.
아셨죠?" 하고 책상을 치더니 직원이 샤라졌다.

그녀는 사무실을 나와 카트에 그리움을 태우고 10만 5천원 어치의 식품을
샀다. 집으로 돌아온 그녀는 냉장고에 방금 사온 우유 3 *l* 를 넣고 대신 맥주
330*cc*를 꺼냈다. 그리고 거의 단숨에 마셨다.

그러자 그리움이 이렇게 말했다.

"조금만 더 견디면 돼. 때가 되면 네가 날 물품보관함에 버리지 않아도
내가 저절로 떠날 거야. 전에도 날 만나봤잖아, 다 알면서 왜 그래?"

그녀는 이렇게 대답했다.

"그래 때가 되면 너도 사라지고, 모든 것이 다 그대로라는 거 알고 있어.
그런데 번번이 아파, 불에 덴 것처럼…."

그녀는 천천히 맥주를 마셨다.

어릴 때 초인종을 누르고 도망치는 장난을 해보셨나요?
어른이 되면 장난으로 하진 않지만
누군가의 초인종을 눌러 놓고, 그냥 지나칠 때가 있습니다.

우리가 그 사람의 초인종을 눌렀을 때 누군가가 필요했지만
겁이 나서 아니면 다른 이유로, 그 자리를 떠나왔던 거죠.
그 사람은 어쩌면 내겐 둘도 없는 사람이었을지도 모르는데….

밤이 깊으면 그 초인종 소리가, 우리가 스친 옷깃들이, 우리를 부릅니다.
그것이 그리움이었습니다.

꽃

해피엔딩이 필요해

일 년 만에 그의 이름이 휴대폰 액정에 나타났을 때,

진서는 마침 다른 남자와 같이 있었다. 그 남자가 쳐다보았다.

마치 예언가의 속삭임이라도 들은 듯 의혹으로 가득 찬 시선을 보내면서.

진서는 휴대폰을 받자마자 "잘못 거셨어요." 하고 끊어버렸다.

약 3초 정도 되는 짧은 순간에, 꿈에도 그리던 그의 목소리가

휴대폰 너머에서 들려왔다가 사라져갔다.

그렇게 끊고 싶지 않았다.

그리움이 크면, 그리움의 대상은 비현실적으로 느껴진다.

진서에게는 그 전화가 버뮤다나 아틀란티스에서 온 것처럼 느껴졌다.

잠시 후, 같은 번호로 문자가 왔다.

"건강하게 잘 지내."

그것이 그녀가 마지막으로 그와 함께 했던 순간이었다.

진서는 소쩍새처럼 울었다.

그날 밤 진서는 케이블 TV를 통해 이미 다섯 번은 본 시트콤 〈프렌즈〉를

다시 보았다. 그 시트콤의 주인공 커플은 새로운 시즌이 시작할 때마다

수없이 만나고 헤어지곤 했다.

진서는 시트콤의 마지막 시즌까지 이미 보았기 때문에

주인공 남녀들이 앞으로 벌이는 파란만장한 연애행각을 모두 꿰뚫고 있었다.

그런데 그날 진서가 보게 된 것은 우연히도 앵콜 방송 중인 '시즌 1'의

첫 에피소드였다. 모니터 속에서는 여주인공과 남자 주인공이 처음으로

서로의 감정을 확인하고 있었다.

사랑이 시작되는 순간의 애틋함이 TV 밖으로 흘러넘쳤다.

진서는 생각했다.
'그들도 처음엔 저렇게 행복했었구나' 하고.
하지만 그들 앞에 펼쳐지게 될 러브 스토리는 조금도 아름답지 않았다.
그녀는 다른 결말로 시트콤을 한 번 더 만들어달라고
제작진에게 사정을 해볼까 생각했다.
그리고 꿈처럼 보고 싶던 그가 보낸 문자 메시지를 보았다.
"건강하게 잘 지내."
그 문자 메시지를 몇 분이나 보고 또 보았다.
해피엔딩이 필요했다.
현실에 없다면 아틀란티스에라도.

남자친구와 헤어져 돌아올 때
건널목에서 신호위반으로 딱지를 끊은 친구도 있었습니다.
경찰이 딱지를 떼는 모습이 그 남자에게 보여준 그녀의 마지막 모습이었던 거죠.
무릎이 툭 튀어나온 추리닝(패리스 힐튼이 입는 분홍색 '트레이닝복'이 아닙니다)과
부스스한 머리카락으로 집 앞에 생수를 사러 나갔다가
우연히 옛 남자친구를 만난 사람도 있었습니다.

패션 감각이 좋은 친구들, 항상 잘 차려입는 친구들을 잘 보세요.
그들은 여러 번 헤어져본 사람들이에요.

언제든지 들어줄게요

"한 시간에 얼마에요?"
민정은 이렇게 물으면서 아주머니의 얼굴을 들여다보았다.
그 아주머니에게는 '뭐든 털어놓고 얘기하게 만드는 분위기'가 있었다.
"아가씨, 걱정하지 말아요. 한 시간이 좀 넘어도
이야기를 자르지 않을 테니까. 마음 푹 놓고 얘기해요."
아주머니는 귀 뒤로 구불구불한 웨이브 머리를 넘겼다.
그러자 족히 보통 사람의 두 배는 되는 커다란 귀가 드러났다.
그 귀는 서서히 움직여 레이더처럼 그녀의 입을 향해 벌어졌다.
민정은 그 모습을 보면서 아주머니에게 얼마 전에 있었던
이별에 대해 이야기했다. 그녀는 그와의 이별 후, 어느 노래의 가사처럼
세상의 모든 빛이 모두 사라졌다고 말했다.
이미 몇 번의 이별을 경험해봤던 그녀였지만, 이번엔 좀 달랐다고 말했다.
그를 떠올릴 때마다 이미 불에 덴 발로 가시밭길을 걸어가는 사람처럼
견딜 수 없는 기분이 되곤 했다고 말했다.
귀가 큰 아주머니는 이야기를 다 듣고 난 후에 민정에게 물었다.
"그 사람과 헤어진 후에 가장 힘들었던 건 뭐였나요?"
그러자 민정은 말했다.
"다른 사람 이야기를 들어주는 사람이 많지 않다는 걸 알았어요.
특히 괴로운 이야기는 말예요. 그래서 그와 헤어진 후 내가 얼마나 아팠는지
누구에겐가 이야기해야만 했는데, 그러지 않고는 한 순간도
견딜 수 없었는데, 아무도 내 이야기를 들어주지 않았어요."
귀가 큰 아주머니는 가늘게 한숨을 쉬면서 그녀에게 허브티를 내밀었다.
"그래서 나 같은 사람이 있는 거예요. 그 차를 마셔요.

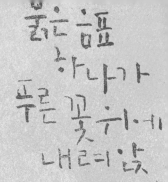

붉은 음표
하나가
푸른 꽃 위에
내려앉
았
다

사람들은 내게 와서 아무도 들어주지 않는 괴로운 이야기를 하고 돌아가죠.
나는 '이야기의 휴지통' 같은 사람이에요."
민정은 아주머니에게 사례금을 지불하며 말했다.
"사실은 아주머니, 어제 그 사람한테 전화가 왔었거든요.
그런데 제가 '잘 지내세요?' 하고 물어봤어요. 우린 반말을 하던 사이였는데
제가 얼떨결에 존댓말을 했어요. 그게 너무 슬퍼요."
귀가 큰 아주머니는 귀를 접어넣으며 이렇게 말했다.
"원한다면 언제든지 나를 찾아오세요. 슬픔이 가라앉을 때까지
계속 들어줄게요."

헤어진 후 참을 수 없는 순간이 오면, 큰 귀를 가진 아주머니를 찾으면 된다.

우리가 언제부터 반말을 쓰게 됐을까.
지나고 나면 생각이 잘 안 날 때가 많습니다. 어느 순간부터 자연스럽게 반말을
하게 된 두 사람, 한때는 서로 떨어져 있을 때도 마치 보이지 않는 끈으로
묶여 있는 것 같았지만 어떤 이유로 두 사람의 끈은 끊어졌습니다.
오랜 시간이 흐르고 두 사람이 우연히 만났습니다.
가벼운 목 인사만 오가고, 침묵이 흐르죠. 그리고 간신히 존댓말로
"좋아 보이시네요" 하고 말합니다.
그 순간, 두 사람은 지구 반대편에 서 있습니다.

폴 오스터를 읽다

수정은 안락의자에서 잠자고 있던 게으른 고양이를 몰아내고
그 위에 앉아 개가 주인공으로 등장하는 폴 오스터의
소설을 읽기 시작했다. 새벽 2시쯤 되었을까.
우연히 욕실 문을 열었는데 샴푸 냄새가 나는 평범한 욕실이었던 그곳에
어느새 그녀의 과거가 들어와 있었다.
그녀는 '이건 내 머리가 만들어낸 환상이야, 눈속임이니까 걱정할 것 없어.'
하면서 그 안으로 들어섰다.
그곳은 그녀가 어릴 때 살았던 집의 2층이었다.
그 집과 다른 점이 있다면, 복도가 훨씬 커졌다는 것.
그리고 기다란 복도 양쪽으로 수십 개의 문이 달려 있다는 점이었다.
그녀는 뚜벅뚜벅 무심하게 걸어가다가 왼쪽 열한 번째 문 앞에 멈춰섰다.
그곳에는 '첫사랑'이라는 팻말이 붙어 있었다.
그녀가 살그머니 문을 열자
봄날의 공원과 푸른 그늘 아래 있는 벤치가 보였다.
그리고 벤치에는 17세의 그녀와 당시 그녀가 좋아하던 선배가 앉아 있었다.
그들의 뒷모습을 보면서 그녀는 오랫동안 잊고 있던
감정을 다시 한 번 경험하게 되었다.
그녀의 사랑은 너무나 강렬해서,
천국과 지옥을 오가는 롤러코스터에 탄 기분이었다.
그녀는 첫사랑의 상대가 자신이 사랑하는 것만큼
자신을 사랑하지 않는다는 사실 때문에 몹시 괴로워했던 것이다.
그녀는 17세의 자신을 바라보면서 '그 사랑은 진짜였어' 하고 외쳤다.
그러자 벤치에 앉아 있던 첫사랑의 남자가 일어나서 뒤를 돌아보았다.

수정의 마음에는 거대한 해일 같은 그리움이 밀려들었다.
그 때 첫사랑의 그는 현재의 그녀를 향해 이렇게 말했다.

"나는 그걸 알고 있었어. 다만 너무 어려서 모르는 척했던 거야.
나 역시 너를 사랑했어. 우리 사랑은 진짜였어.
비록 풋내가 나는 것이었지만."

Salad Days

풋내 나는 시절. 셰익스피어가 처음으로 쓴 말이라고 합니다.
당시 Green은 미숙하다는 의미였는데,
샐러드는 온통 그린 투성이니 얼마나 미숙했겠어요.
첫사랑은 보통 샐러드부터 시작하죠.
스테이크부터 시작하는 첫사랑은 거의 없어요.
체하거든요.

사랑을 분해한다면

나영의 책상 위에 꽃다발과 축하 카드가 놓여 있는 것을 보고
회사 사람들은 그날이 그녀의 생일이라는 걸 알게 되었다.
회사 사람들의 생일 축하 인사와 함께 부러움이 이어졌다.
그 내용은 주로 '이런 멋진 남자친구가 있으니 얼마나 좋니?
오늘은 데이트하겠네!' 하는 것이었다.
그럴 때마다 그녀의 어깨는 조금씩 올라갔다.
하지만 그녀는 그날 밤, 멋진 남자친구 대신 대학 동창인 미라를 만났다.
미라는 나영에게 생일을 축하한다고 말하고,
자신의 고민을 털어놓기 시작했다.
곧 중요한 저녁 모임에 가야 하는데, 그 모임은 대부분
커플로 참석하기 때문에 혼자 가서 쓸쓸해지고 싶지 않다는 것이었다.
미라는 한 달 전에 남자친구와 헤어졌는데, 그 사실 때문에
아직도 심장에 예리한 통증이 느껴진다고 했다.
나영은 미라를 잠시 쳐다보더니 한숨을 쉬었다.
그리고 전화번호가 적힌 명함을 내밀었다.
"여기 전화 해. 너도 한번 이용해보면 나처럼 마니아가 될 거야.
오늘 이 센터에서 보내온 꽃다발은 정말 훌륭했어. 사람들이 다 속았잖아.
진짜 멋진 남자친구가 보낸 줄 알더라구."
나영은 자신이 돈을 지불하고 '남자친구 대행센터'를
이용한다는 사실을 말했다.
하지만 미라는 그렇게 하고 싶지는 않다고 말했다.
그녀는 자신에겐 사랑이 필요한 것이지
장신구가 필요한 것이 아니기 때문이라고 주장했다.

나영은 코웃음을 쳤다. 그리고 커피를 한 모금 마신 후에 말했다.
"그래, 사랑이라고? 그걸 싫어하는 사람은 없지. 하지만… 그게 쉽게 오니?
나는 오지도 않는 사랑을 기다리는 대신 사랑을 분해해봤어.
고장 난 시계를 뜯어보듯이. 그래서 그 안을 들여다봤더니
생각보다 간단하더라고.
생일엔 꽃다발, 커플 파티엔 동반인, 피곤할 때 운전해주는 사람,
밤늦게 통화할 수 있는 사람이 필요한 거, 뭐 그런 거잖아.
그냥 필요한 옵션만 택하면 돼. 비용도 비싸지 않아.
결국 너도 센터에 전화 걸게 될 거야."

그 사람 전화번호는 단축다이얼에서 지워도 쉽게 잊혀지지 않습니다.
생일이 되면 축하해주지 못해서 가슴이 아픕니다.
그 사람과 행복했던 시절의 사진을 보면 가슴이 미어지는 것만 같습니다.
모든 것은 잊을 때가 되어야 잊혀집니다.

다음 사랑을 기다리는 방식에는 여러 가지가 있습니다.
주말마다 쉬지 않고 소개팅을 하거나
슬픈 영화를 보면서 티슈 한 통을 써버리거나
아니면 사랑을 부인하거나….

발신 표시 금지 전화

'봉봉 사설탐정, 싼값에 봉사, 즉시 연락바람.' 이 스티커 당신이 붙인 거
맞아요? 하고 내가 물었을 때 펭귄 사내는 고개를 끄덕였다.
그는 대낮부터 술 냄새를 풍기고 있었고, 사흘쯤 외박을 한 듯한
옷매무새를 하고 있었기 때문에 나는 낭패감에 빠졌다.
게다가 그는 내 얘기를 듣더니 사건에 대한 얘기는 하지도 않고
술이나 같이 한 잔 하자면서 나를 근처에 있는 포장마차로 끌고 갔다.
"2년 전에 말야" 하면서 시작한 펭귄 탐정의 이야기는 30대 남성이라면
누구나 한번쯤 겪었을 법한 그렇고 그런 전형적인 이야기였다.
사귀던 여자친구와 결혼 생각까지 했는데,
그녀가 변심을 하고 다른 남자와 결혼해버리더라 하는….

일주일 후에 나타난 펭귄 탐정은 여의도의 어느 맨홀 뚜껑을 열더니
"들어가" 하고 말했다. 우리가 도착한 곳은 거대한 하수도관들이 모여 있는
지하 동굴 같은 곳이었는데, 그곳에는 전화선과 통신 케이블들이 거미줄처럼
얽혀 있었고, 신발 밑바닥까지 달라붙는 끈끈한 공기가 떠돌고 있었다.
가장 굵은 케이블을 따라 걸었더니 로비처럼 생긴 곳이 나왔는데,
그곳엔 핑크색 돼지 한 마리가 앉아 담배를 뻐끔뻐끔 피우고 있었다.
"내 이름은 담배 피는 돼지야. 난 담배처럼 타서 사라지는 것들을 좋아해.
사람들의 감정도 그런 것들이지."

펭귄 탐정이 말했다.
"발신 표시 금지로 걸려온 전화들 말야. 받자마자 끊어지던 전화들은
모두 담배 피는 돼지의 장난이었어."

나는 인간들의 감정을 농락하는 그에게 분노를 느꼈다.

하지만 담배 피는 돼지는 내 눈을 다정하게 쳐다보며 이렇게 말했다.

"난 당신들의 염원 때문에 만들어진 존재야. 당신들은 연인과

헤어진 후에 전화를 기다리지. 하지만 대부분의 경우,

전화는 오지 않아. 그래서 내가 만들어진 거야. 전화를 기다리는 사람들이

설거지를 할 때마다, 그 그리운 마음들이 싱크대 하수구를 타고 내려와서

바로 이곳에 응집된 거라구. 그 응어리 속에서 내가 탄생했지.

난 헤어진 연인들을 위로하는 하수구의 천사야."

나는 집에 돌아와 샤워를 하고, 일 년 전에 헤어진 그녀에게 전화를 걸었다.

그녀는 내 전화를 받고 오래도록 울었다.

리폼. 만일 사람도 자유자재로 리폼할 수 있다면, 어떤 일이 생길까요?

사랑하는 사람들은 자기 짝을 자신의 취향대로 바꿔버릴지도 모르겠습니다.

하지만 그런 리폼은 한 번으로 끝나지 않겠죠.

취향이란 계속 변하는 것이고, 성숙하기 위해선 결정적인 변화도 겪어야 하니까요.

그들은 리폼이 이루어질 동안 잠시 헤어지기로 했던 겁니다.

다시 만났을 때, 서로를 더 사랑하기 위해서.

때로 사랑은 롤러코스터.

분홍 아줌마를 만나면

진경은 원룸으로 들어가는 입구 우편함에서 낯선 전단지를 발견했다.
그것은 촌스러울 정도로 선명한 분홍빛이었는데 거기에 쓰여 있는 문구는
더 놀라웠다. '실연 당한 사람들에게 분홍 아주머니가 선물을 줍니다'라는
간단한 문장과 함께 전화번호가 쓰여 있었던 것이다.
그녀는 별 생각 없이 전화했고, 전화 건너편에서는 낮은 목소리의 여자가
이렇게 말했다. "내일 오세요."
진경이 찾아간 곳은 평범한 오피스텔이었다.
마법의 구슬이나 두꺼비 눈알 수프를 끓이는 커다란 냄비는 없었다.
그저 분홍 옷을 입은 아주머니가 그녀를 보며 환하게 웃고 있었다.
그녀에게 이야기를 들은 아주머니는 메뉴판을 꺼내며 말했다.
"그 사람한테 피부병을 옮겨줄까? 목숨이 위태롭진 않지만 절대 낫지도 않는,
아주 고약한 피부병을 알고 있어."
아주머니는 매우 재미있는 일을 벌이는 아이 같은 표정이었다.
그녀는 메뉴판에 쓰여 있는 다른 목록도 보았다.
피부병 외에도 심장마비, 파산, 불의의 사고 등 여러 가지 무서운 복수의
리스트들이 적혀 있었다. 그녀는 그 무서운 목록들을 보는 것만으로도
죄책감이 들어 서둘러서 말했다.
"그냥 피부병 정도면 되겠어요. 싸게 해주세요" 하고 말했다.
아주머니는 여전히 다정한 미소를 띤 채, 주의사항을 가르쳐주었다.
"그런데 한 가지 명심할 것이 있어. 나와 한번 계약한 후에는
이 남자를 다시 사귀면 안 돼. 그 남자를 사귀는 여자도 똑같은
피부병에 걸리게 되거든. 알았지?"

얼마 후 그녀는 회사 선배와 차를 마셨다. 그리고 목소리를 낮추고
조심스럽게 분홍 아주머니 이야기를 털어놓았다. 그러자 선배는
웃음을 터뜨리며 이렇게 말했다.
"그걸 이제 알았어? 사람들은 실연당하면 모두 분홍 아주머니를 찾아가.
나는 열 번도 넘게 갔었어. 덕분에 이렇게 항상 즐겁지."
진경은 선배의 말을 듣고, '나는 얼마나 더 배워야 인생을 알게 되는 걸까'
하고 생각했다. 그리고 분홍 아주머니와 피부병에 관한 것은 까맣게
잊어버리고 말았다.
그런데 몇 달 후, 자신을 떠난 그 남자가 고약한 피부병으로 고생한다는
소문이 들려왔다. 진경은 그것이 자기 탓인 것만 같아
조금 미안한 생각이 들었다. 그래서 단지 미안하다는 마음 때문에
진경은 그를 만나고 싶다는 생각을 했다.

그리고 일주일이 지났다. 그녀도 같은 피부병에 걸렸다.
분홍 아주머니는 진짜였다.

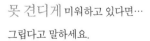

못 견디게 미워하고 있다면…
그립다고 말하세요.

우리는 언제 헤어지는 걸까?

진정으로 헤어지는 순간은 언제일까.

그와 나의 회사는 한 블록 떨어진 곳에 위치했다.

회사가 가까운 곳에 있었던 탓에 우리는 퇴근 후 매일 같이 만나

저녁을 함께 먹었다. 하지만 헤어지고 난 후에는

걸어서 5분 거리에 있는 그의 회사 쪽을 보기만 해도 마음이 쓸쓸해지곤 했다.

그는 바로 거기에 있으니까.

출근을 할 때마다, 또 점심을 먹으러 나올 때마다, 퇴근길마다

어디선가 그가 나를 볼지도 모른다는 생각에 긴장했다.

'지금 저 버스 안에서 그가 나를 지켜보고 있을지도 몰라.'

하는 생각에 항상 옷매무새를 단정히 했고, 헤어스타일을 분위기 있게

바꿨고, 회사 근처를 걸을 때면 당당하고 우아하게 모델 스텝으로

걸어야 했다. 그를 다시 만나겠다는 생각은 없었지만, 그의 보이지 않는

시선은 쉽게 나를 놓아주지 않았다.

어느 날 저녁, 가슴이 철렁 내려앉는 느낌이 한 차례 있었고,

약 2시간 후에 그에게서 연락이 왔다. "나 곧 미국으로 가게 될 것 같다" 하고

그가 말했다. 다시 한국에 오지는 않을 것 같다고 말하는 그에게

나는 좋은 일이 많이 생기길 바란다고 담담히 말했다.

그리고 몇 달 후, 그의 후배에게서 연락이 왔는데, 갑자기 "하민이 형을 다시

만나고 싶은 생각은 없어?" 하고 말하는 것이었다. 그가 미국행을 포기했고

나를 그리워한다는 것이었다. 나는 후배에게 거짓말을 했다.

"나 사귀는 사람 있어."

보고 싶은 마음이 전혀 없는 것은 아니었지만 만일 그를 다시 보게 되면

우리가 겪었던 모든 일들이 반복될까봐 두려웠다.

그리고 몇 달이 흘렀을 때, 그에게서 전화가 왔다. 잘 지냈냐는 다소 형식적인
안부가 오고간 후에 언제 한번 보자는 얘기가 나왔는데, 그는 그때서야
회사가 이사를 했다는 얘기를 했다. 그 순간, 나는 머리를 휘날리며
모델 스텝으로 걸어다녔던 지난 시간들이 생각나서 웃음이 터지고 말았다.
"응, 언제 한번 봐요."
하지만 그렇게 말하면서도 나는 그를 다시 만나지 않을 것이라는
사실을 알고 있었다. 다시 만나게 되면, 그때는 정말로 헤어질 것이라는
사실을 알기 때문에….

우리가 성인이 되는 순간은 언제일까요?
증명사진이 어색하게 붙어 있는 주민등록증이 나왔을 때?
그 사진은 시간이 흐르면 흐를수록 더 어색해보이는 마법을 부리죠.
아니면 심리적으로 부모님한테서 독립했을 때일까요?
네, 경제적인 독립도 중요합니다.
아니면 가출했을 때일까요.
단 저녁에 다시 밥 먹으러 들어가는 가출 말구요.

아니면…
첫사랑을 잃었을 때일까요.

티티새가 받은 선물

"나 또 쇼핑했어. 난 악마인가 봐."

티티새 같은 그녀가 이렇게 비명을 질렀다. 친구들은 그녀의 고통에는
관심을 두지 않고, 그녀의 쇼핑백에만 관심을 보였다.

그녀들은 그 안을 열어보면서 말했다.

"와, 이거 진짜야? 너, 이런 것도 진짜를 사니?"

티티새는 고개를 숙이고 '반품할까' 하고 힘없이 말했다.

티티새라는 별명을 가진 그녀는 주기적으로 쇼핑에 매달릴 때가 있었다.
그것은 두 가지 경우 중 하나였다. 정말 멋진 남자를 만나서 그에게 매번
다른 옷을 보여주기 위해 옷을 사들이는 경우, 또는 정말 멋진 남자와
헤어질 것 같은 불길한 징조가 다가와서 손끝이 타들어가는 불안을
견디지 못해서 옷을 집어오는 경우.

불행히도 이번에는 후자였다. 친구들은 그녀에게 이렇게 말했다.

"이거 반품해. 그리고 그 남자와 헤어져."

티티새는 다음날, 악마의 쇼핑 리스트를 모두 반품하고 그 남자와 헤어졌다.
아무렇지도 않았다. 반품을 하고 나니 마음이 홀가분하기까지 했다.

그런데 백화점 식당가에서 혼자 돈가스를 먹다가 고기 한 점을 넘기려는
찰나, 갑자기 울컥 눈물이 났던 것이다. 조금 전에 헤어진 그 남자는
술을 마신 다음날이면 해장을 하기 위해 돈가스를 꼭 먹어야 했다.

이 습관은 아무도 이해하지 못한다고 자신도 웃으며 말했다.

어쨌든 그녀는 그를 위해 돈가스를 같이 먹는 날이 많았다.

앞으로 그럴 일은 없을 것이라는 생각이 들자 눈물이 났던 것이다.

"나는 왜 갖고 싶은 걸 하나도 못 갖지?"

그래서 티티새는 프릴이 3층 계단처럼 달린 블루 블랙의 드레스를 사버렸다.

그리고 그날 밤, 그녀는 풍성한 옷장을 들여다보며 이렇게 중얼거렸다.

'적어도 옷은 남아. 이 예쁜 옷들은 내 전리품들이지.'

그 이후 극심한 우울증에 시달리던 티티새는 절구통에 고인 빗물을 마시는
길고양이처럼 술을 마시곤 했다. 처음에는 그냥 목만 축이는 정도였지만
매일 반복되다보니 그것도 내성이 생겨 자꾸 양이 늘었다.

티티새는 매일 밤 술을 먹어야 잠이 들었고, 다음날은 속이 좋지 않아서
아무것도 먹을 수가 없었다. 약국에 가서 약도 사먹어 보았지만 소용이
없었다. 그러던 어느 날 우연히, 정말 우연히, 돈가스 전문점에 들어가
돈가스를 시켰다. 그녀는 돈가스를 넘기고 난 후에야 울렁거리던 속이
편안해지는 것을 느꼈다. 분명히 전에는 그렇지 않았었다.

그녀는 그토록 그를 그리워했던 걸까,

아니면 그가 그녀를 그토록 그리워하고 있었던 걸까.

우리의 글씨체는 초등학교 때 처음으로 짝사랑했던
선생님의 글씨체일지도 모릅니다.

그리고 자주 쓰는 말투는 무더운 여름날 갑자기 퍼붓던 소나기처럼 나타났던
그 사람이 자주 쓰던 말투일지도 모릅니다.

또 어떤 사람을 사귀면서 소주의 참맛을 알기 시작한 사람도 있고,
떡볶이 맛을 알게 된 사람도 있습니다. 그래서 나는 소중합니다.

우리가 사랑했던 그들에 대한 기억이 내 안에 남아 있으니까요.

여러가지 얼굴

우리가 가지 않은 길들

그녀는 헤드헌터였고 몇 년 전부터 자신의 회사를 경영하고 있다.

일주일 전에 그는 햄버거 가게에서 대략 30분간 그녀를 만났다.

"너는 한 달에 얼마 정도 벌어?"

인사를 나눈 후, 첫 질문을 이렇게 하고 말았다.

요즘 그가 준비하고 있는 논문과 관련된 내용이기 때문이었지만

오랜만에 만난 사람에게 이런 이야기를 꺼내면 결국 어떻게 된다는 것을

그는 이미 경험으로 알고 있었다.

"많이 벌어. 얼마 전에 아파트를 샀어. 그러기 위해서 난 하루도 못 쉬고

항상 일에 시달려. 그래서 친구를 만날 시간도 없고, 너한테 연락도 못 했어.

넌 요즘 어떻게 지내니?"

그에게 소득을 묻는 건 무의미하다.

그는 거의 소득이라고 할 만한 게 없으니까.

"나야 똑같아. 학교 가고, 이런저런 데서 강의하고. 최저 생계비도 못 벌지."

이렇게 해서 그는 자신의 소득 수준을 털어놓고 말았다.

그녀는 그가 냈던 책을 읽어보았다고 말했고, 그의 글들을 칭찬해주었다.

그 말끝에, 그녀는 그에게 이런 말을 했다.

"네가 부럽다."

그는 강의실에 앉아 있는 학생들을 보다가 그녀를 생각했다.

그녀는 많이 변했다.

그래도 그녀가 행복해서 다행이라고 생각했다.

그날 그들은 햄버거 가게에서 30분간 마주한 후 다소 쓸쓸하게 헤어졌지만

그건 그가 한때 그녀를 사랑했기 때문만은 아니었다.

그들은 좁은 오솔길을 손잡고 가다가 두 갈래로 갈라지는 지점에서
각각 하나씩 다른 길을 택했던 사람들이다.
그래서 그들은 서로를 부러워할 수밖에 없다.

그래서 언제나 쓸쓸하다.

어느 정도 굳은살이 있어야
새 구두를 신어도 발이 다치지 않습니다.
마음은 원래 여린 것이었어요.
조그만 부딪힘에도 금방 까지고 마는.
그래서 사람들은 더 이상 마음을 다치지 않기 위해서
사람을 만날 때 일정한 거리를 유지하기로 마음먹습니다.
마음에는 굳은살이 생기지 않거든요.

면역력 없는 마음이 사랑에 모두 던지지 못했던 자신을
다시 쓸쓸하게 만듭니다.

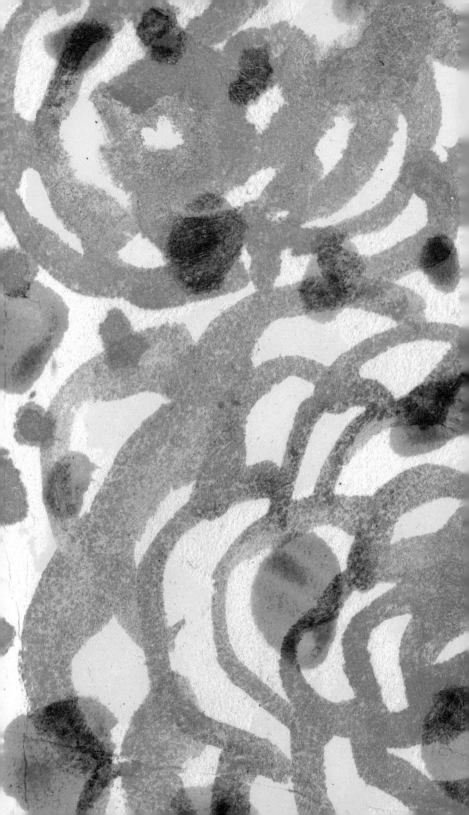

모자에서 토끼를 꺼내던 마술사가 관객을 향해 이렇게 말합니다.
"사랑에 빠지고 싶은 분은 앞으로 나오세요."
그러자 한 명의 여인이 무대로 올라가고
마술사는 여인에게 눈을 감게 한 후에
요정의 가루를 뿌립니다.
그리고 이렇게 말하는 거예요.
"당신은 오늘 안에 멋진 남자와 사랑에 빠질 겁니다."

이런 식으로 사랑이 시작된다면 얼마나 좋을까요.
사랑은 기다리는 사람에게는
꼭꼭 숨어 머리카락도 보여주지 않다가,
사랑이 무엇인지조차 잊어버릴 때쯤 다시 고개를 내밉니다.

SCENE

04

사랑, 또다시 널 만날 수   있 을 까

달빛은 해피엔딩을 원한다

야경은 그것만으로도 그림이 됩니다.
가로등 불빛을 받고 있는 벤치.
그곳에 앉아서 그리운 사람을 생각하고 싶어지죠.
또 창밖으로 멋진 도시의 야경이 보이는 스카이라운지.
그런 곳에 가면 같이 간 사람에게 마음을 고백하고 싶어집니다.
그리고 불 켜진 그 사람의 창가.
어쩌면 그 사람은 지금 나에게 편지를 쓰고 있을지도 모릅니다.
깊은 밤, 한적한 국도를 달리며 듣는 노래.
괴로운 것을 잊게 하고 달콤한 것을 불러오고
좋았던 시절을 떠올리게 합니다.
그 노래가 거리에 울려 퍼지던 시절, 우린 행복했었다고.

익숙한 멜로디는 해피엔딩으로 끝나는 동화 같습니다.
해피엔딩을 보고 싶어 하는 건
불협화음보다는 협화음을 듣기 편안해하는 것처럼
인간의 마음에 있는 기본적인 성향이 아닐까 합니다.
인생 선배들은 이런 말씀을 종종 하십니다.
'나이 드니까 해피엔딩만 찾게 돼' 라고.
사랑이 언제나 해피엔딩은 아니라는 것을 알게 되면
더욱 더 해피엔딩을 보고 싶어진다는 거죠.
사막을 여행하는 사람은 언제나 목이 마르듯이
쓸쓸한 여행길을 걸어본 사람들에겐 위로가 필요하거든요.
멋진 야경이 보이는 곳에서는 특히,

해피엔딩만 있으면 좋겠어요.
그렇지 않다면 그 풍경이 너무 쓸쓸해보일 테니까요.

달빛은 블루.

"너의 방 불이 꺼졌구나. 여기서 다 보여."
이런 전화를 받아본 적 있으세요?

"너를 사랑해"라고 처음 고백 받은 순간을 잊지 못하는 것처럼
날 바래다주고 집으로 돌아가던 그 사람이
'벌써 보고 싶어져서 전화 했어'라고 말해주던 밤은 잊을 수가 없습니다.

밤에는 모든 것이 과장되게 마련이라고 말해도 좋습니다.
그 사람을 사랑하기 때문에
이것만으로도 충분히 행복합니다.

로맨스는 있다

지니는 성공한 베스트셀러 작가였다.
그녀의 장점은 글을 잘 쓰지만, 결코 비싸게 굴지 않는다는 것이었다.
그녀가 택한 장르부터가
진지한 성인들은 읽을 것이 못된다고 여겨지는 '로맨스물'이었고,
게다가 그녀의 쏟아지는 창작열은 출판계를 놀라게 할 정도였다.
지니는 지난 한 해 동안 무려 다섯 권의 로맨스 소설을 펴냈고
모두 크게 히트했다.

어느 날 기자가 그녀를 찾아왔다.
평소 인터뷰를 피하던 그녀였지만 기자의 진지한 태도가 마음에 들어
인터뷰를 수락하고 말았다. 우거진 수목이 내다보이는 카페에서
커피 잔을 사이에 놓고, 기자가 그녀를 바라보며 물었다.
"어떤 사람들은 당신의 소설에 등장하는 남자와 여자들이
비현실적이라고 말합니다. 남자들은 지나치게 이상화되어 있고
여자들은 뭐랄까. 징그러울 정도로 사랑스러워요. 모든 게 완벽해요.
현실에서 그런 사랑을 발견하기란 어려운데도."
그녀는 살짝 미소를 짓더니, 이렇게 말했다.
"나는 오랫동안 한 사람을 좋아해본 적이 있어요. 그 사람을 진심으로
사랑했지만, 나중에 그 사람은 나를 별로 좋아하지 않았다는 걸 알게 되었죠.
하지만 나는 그에게 푹 빠져 있었기 때문에 그 사람의 모든 행동을
오해했어요. 끝없이 착각했죠. '저건 날 좋아하기 때문이야' 하고.
비참하죠?"

그녀는 커피를 한 잔 더 마신 후에, 다시 미소를 짓고 말했다.
"그런데, 그 시절이 가장 행복했어요. 진짜.
내가 믿었던 진실이 설사 거짓이면 어때요?
내가 만들어낸 허상이 나를 행복하게 만들어주는데
그래서 나는 로맨스 물을 쓰는 거예요.
나도 내가 쓴 책들이 바보 같은 이야기라고 생각해요."

그로부터 두 달 후 그녀는 진정한 사랑을 만났다.
그녀는 이번에는 더 성대한 기자회견을 열었다.

로맨스가 없었다면 이야기가 존재했을까?
로맨스가 없었다면 피카소가 있었을까?
로맨스가 없었다면 수많은 팝송이 있었을까?
우리는 무엇에 대해 말할 수 있을까?
이 지루한 시간을 무엇으로 견딜 수 있었을까.

실망으로 가득 찬 세상에서 로맨스마저 없다면
무엇으로 살아갈 수 있을까?

사랑의 로그인에 성공했습니다

보라색 하늘, 이른 새벽마다 그녀는 핸들을 잡으면서
'지금 그에게 달려가는 중이야' 하고 생각했다.
그녀는 창문을 열어놓는 것을 잊지 않았다.
새벽 공기는 그녀의 볼을 어루만져 밀도 높은 피부를 만들고
그의 손끝에 좋은 촉감을 남길 것이다.
CD 플레이어에는 언제나 같은 음악이 들어 있었다.
스테판 폼푸냑의 앨범에 실린 마이클 스타이프의 목소리였다.
노래 제목은 'Clumsy' 이렇게 시작했다.
"Every time I strech, I knock the coffee off the bed….."
낮은 읊조림이 이어지다가 마이클 스타이프가 격앙된 목소리로
"Give me the go ahead"를 외칠 때면,
그녀는 차가 울리도록 볼륨을 높이고 목청껏 따라 불렀다.
새벽이 좋은 것은 아무도 그런 그녀를 보지 않는다는 점이다.

열어놓은 창문에서 찬바람이 들어와 그녀의 입을 통해 가슴을 울렸다.
가슴속에 지금은 새벽공기와 바람이 있지만, 일 년 전에는 아무것도 없었다.
그렇게 15분 정도 강변도로를 달리고 있을 때
바람이 속삭이는 소리가 들려왔다.
"너는 그에게 갈 수 없어. 네가 그에게 100미터 다가가면
그는 너로부터 1000미터 떨어지게 될 거야. 어때, 이제 그만 포기하지 그래."
그녀는 굳게 입을 다물었고, 바람은 점점 더 크게 외쳤다.
여전히 그녀는 그에게 간다고 생각하며 핸들을 더 꼭 쥐었다.
그러다가 집으로 돌아와 샤워를 한 후에 가게 문을 열었다.

그날 새빨간 거짓말같이,

그녀의 빵가게에 그가 찾아왔다.

일 년 만에 나타난 그는 그녀에게 이렇게 말했다.

"새벽에 운전을 할 때마다 너한테 가고 있다고 생각했어.

그러다 오늘은 진짜 왔어, 이렇게."

오랜만에 방문한 사이트에서 로그인을 했을 때 나타나는 치명적인 메시지,

"아이디나 패스워드 오류입니다."

따끔하게 꾸짖는 것 같은 그 문장은, 꽤 자주 보는 것인데도 매번 당황스럽습니다.

오랜만에 만난 사람과 마음을 주고받기 위해서도 비밀번호를 풀어야 할 때가 있어요.

시간이 만들어낸 오해, 서로 달라진 입장의 차이, 오래 묵은 콤플렉스를 헤치고

그 사람과 나를 애초에 자석처럼 끌리게 했던 그 결정적인 부분을

비로소 찾아냈을 때 우리 둘 사이에는 이런 메시지가 뜹니다.

"로그인에 성공했습니다."

사랑 앞에서 벗어야 할 것은 자존심입니다

"사랑 앞에서 벗어야할 것은, 낡아빠진 자존심이야."
얼마 전 친구들 사이에 연애상담가로 정평이 나 있는
K 양이 그녀에게 던진 화두였다.
그녀는 그냥 웃으면서 '저 말 은근히 야한 걸?' 하고 속으로만 중얼거렸다.
그래, 저 말을 스타일리시한 패션 진광고에 쓰면 좋겠어.
모델이 청바지를 벗는 모습을 보여주면서 카피로 저렇게 써넣는 거지.
이런 생각이 머릿속 무중력 공간을 떠다녔다.
하지만 문제는 일이 아니라, 사랑이었다.

그녀의 연애 방식은 일정한 패턴을 갖고 있었다.
남자가 작업을 걸어온다.
그녀는 그걸 모르는 척하고 지나칠 만큼 배려심이 없는 사람은 아니었다.
따라서 그녀는 오는 남자를 결코 막지 않았는데,
가는 남자도 막을 생각을 하지 않았다.
그것은 자존심 때문이었다.
그런데 이렇게 훌륭한 박애주의로 사랑을 수용하고
고귀한 자존심으로 사랑을 떠내 보내던 그녀에게 남은 것은
마음속 폐허밖에 없었다.

그러던 어느 날, 청바지 광고와 씨름하고 있던 그녀에게 전화가 왔다.
그와 다시 시작할 수 있을 듯했다.
다른 사람이 나를 사랑하고 있다는 느낌은
새벽 4시 찬 공기에 잠이 깼을 때 찾게 되는 거위솜 털이불보다 더 따뜻했다.

그녀는 읽던 책에 밑줄을 그었다.

"사랑은 자동차처럼 아무 문제가 없다.
문제되는 것은 그저 핸들과 승객, 그리고 도로 사정뿐이다."
– 프란츠 카프카

딥 클린징이 필요한 마음이 여기 있어요.
자, 보세요. 모공이 개미굴처럼 커졌죠?
이 모공마다 감정의 앙금들이 가득 들어있어요.
구멍이 숭숭 뚫린 자아, 잘못된 애착관계 형성, 살기 위해 죽도록 매달려온 자기방어,
그것이 자존심이라는 모양으로 굳어 있군요.

한 번의 클린징으로는 부족합니다.
모공마다 자존심이란 더러움이 가득하니까.
그렇다고 레이저 시술을 권하진 않겠어요.
완전히 녹여버리고 나면 자존심이 더 악착같이 붙어버릴테니까.
순백의 마음은 오히려 더 위험할 수도 있어요.

위험해, 창밖으로 던지지 마

보라는 그가 떠난 후, 많은 것을 창문 밖으로 집어던졌다.
처음엔 다이어리와 사진, 시계 등 그가 준 물건, 혹은 그를 생각나게 하는
물건들이었다. 그런데 그런 물건을 창밖으로 던져버리기 시작하자
그녀는 점점 던져버리는 일에 재미를 붙이게 되었다. 거기에는 묘한 쾌감마저
있었다. 그래서 그녀는 그와 상관없는 것들, 그러니까 직장과 판단력마저
창밖으로 던져버리게 되었다. 그렇게 모든 걸 던져버리고 나자
그녀는 더 이상 한 곳에 머무를 필요가 없었다.
그래서 자리에서 일어나 짐을 쌌고 강이 보이는 곳에 갔다.
그때 그녀의 등에 누군가의 다정한 손길이 닿았다.
돌아보니, 그 사람은 행운의 여신이라는 이름표를 달고 있었다.
"꼭 이름표가 필요한가요? 당신이 여신이라면, 사람들이 이름표 없이도
당신을 알아봐야 하는 것 아닌가요?"
하고 그녀가 물었다.
그러자 여신은 불쾌하다는 듯 미간에 주름을 잡더니, 이렇게 말했다.
"행운이 필요하지 않다는 뜻인가?"
아니다, 행운은 필요했다.
보라는 할 수 없이 자신의 무례함을 사과하고
그녀의 발밑에 머리를 조아렸다.
"저를 도와주세요. 사실은 길을 잃었어요."
그러자 행운의 여신은 실망스러운 대답을 들려주었다.
"자신을 믿도록 해."
맥이 풀려 그녀는 고개를 간신히 들었다.
행운의 여신은 그 자리에 없었다

그녀는 투덜대며 버스를 타고 집으로 돌아왔다.

그리고 집에 돌아와서도 행운의 여신을 원망하고 원망했다.

"뭐야. 여신이라면서 그런 진부한 처방을 내리다니."

그때 초인종이 울렸다. 문을 열어보니 조금 더 다정해진 그가

화해의 손을 내밀며, 이렇게 말하는 것이었다.

"행운의 여신이 왔었어. 너를 다시 만나라고 날 협박했어."

보라는 그를 반갑게 껴안으며, 하늘을 향해 윙크했다.

사랑에 빠진 사람들은 새로운 우주를 탐험합니다.

잘못된 길로 갈 때도 있죠.

그럴 때 두 사람 사이에는 이런 질문들이 오갑니다.

"왜, 이 길로 오자고 했어?"

어차피 인생은 끊임없는 궤도 수정을 요구합니다.

또 한 번 다른 길을 찾아야 하는 것은 상대편 때문이 아니죠.

당신이 지나치게 다그쳐서 그 사람이 할 말이 없는 겁니다.

그럴 땐 대개 화를 내죠.

그 사람이 화를 내고 있을 때는 이렇게 말하세요.

"너의 잘못이 아니야. 나는 너에게 상처주고 싶지 않아."

용서하지 못할 것이 있을까요, 사랑한다면….

휴대폰은 사랑의 적

"자, 보라구. 이게 인간 관계를 좀먹는 해충이야."

순이는 딱정벌레 모양의 휴대폰을 테이블 위에 내려놓으면서 말을 이었다.

"만일 휴대폰이 없었다면 이 세상 커플들의 이별 확률이

절반 이하로 낮아질 걸?"

그러자 순이 옆에 있던 민정은 이렇게 말했다.

"맞아. 누구나 휴대폰이 있다는 걸 아니까 상대방이 언제 어디서든

연락할 수 있다고 생각하지. 그래서 상대방에게서 연락이 없을 땐

그 사람이 나를 피한다고 생각하게 되고 말야."

그러자 순이가 다시 말을 받았다.

"실제로 피하는 거지. 휴대폰을 수시로 꺼놓거나, 문자에 답을 보내지 않거나

한 번도 먼저 전화하지 않는다면 그건 나한테 관심이 없다는 뜻 아닐까?"

그때 희정이 휴대폰을 열어보며 말했다.

"이야기를 듣자니, 왠지 찔리네. 하지만 난 너희들을 피하는 게 아니야.

단지 나는 전화로 이야기하는 걸 좋아하지 않아서 그래."

순이와 민정은 동시에 손사래를 치며 말했다.

"아니, 너 말구, 남자들 말야!"

그러자 영희는 "그래, 여자들이 만나면 언제나 남자들 얘기지" 하고 말했다.

모두의 시선이 자신의 입에 모아지고 있다는 걸 깨달은 순간,

영희는 자신의 러브 스토리를 털어놓기 시작했다.

영희는 어느 날 남자친구의 휴대폰 문자 수신함에서 문제의 메시지들을

발견했다. 그 메시지들은 대개 일 분 간격으로 왔는데

모두 남자친구의 문자에 대한 답장이었던 것이다.

영희는 직감적으로 그 문자의 주인공이 여자라고 생각했다.

하지만 그 번호로 전화를 걸거나 남자친구에게 다그치지 않았다.

그리고 얼마 후, 그것이 자신이 태어나 한 일 중에 가장 잘한 일이었다고

말했다. 나중에 알고 보니, 그것은 아무 문제 될 것이 없는 문자였던 것이다.

그런데 괜한 오해 때문에 남자친구와 다툴 거리를 만들고

그에게 자신이 휴대폰을 훔쳐보았다는 사실을 알려 자신의 품위를

손상시킬 뻔했다는 것이다. 다행히도 영희는 우아한 여왕의 자세를 유지했다.

종 모양의 드레스 속에서 발은 떨었을지라도….

한 번의 위기 후 영희는 남자친구와 더 가까워졌고, 그만큼 더 행복해졌다고

했다. 사랑을 생각하지 말자, 사랑이 멀어진다.

사랑이 충분히 만족스럽다면 그 사랑에 대한 이야기를 하지 않습니다.

사람들은 언제 가장 많이 사랑을 이야기할까요?

그건 사랑이 막 시작되려고 할 때

그 사람이 나를 좋아하는지 아닌지 알쏭달쏭할 때

혹은 사랑이 막 떠나가려고 할 때 입니다.

사랑에 흠뻑 빠져있는 사람은 사랑을 생각할 필요가 없기 때문에

사랑에 대해 말할 것이 없습니다.

사랑에 대해 생각하기 시작한 순간 사랑의 순수한 기쁨이 사라집니다.

생각은 의심이라는 하인을 데리고 다니거든요.

우연이 우연히 겹칠 때

정선은 K와 헤어진 후, 그를 세 번이나 우연히 만났다.

첫 번째 만남은 학교 앞 클럽에서 아르바이트를 하고 있을 때 일어났다.

정선이 밀크 티를 만들고 있을 때 K가 불쑥 나타나 이렇게 말했다.

"그거 나도 한 잔 만들어줘."

정선은 그에게 메뉴판을 내밀며 말했다.

"돈을 낸다면."

그 후로 그들은 몇 달 정도 데이트를 했고 처음에 헤어졌던 것과 똑같은

이유로, 처음보다 더 잔인한 말을 주고받으며 다시 헤어졌다.

두 번째 만남은 극장에서 이뤄졌다.

정선은 학교 근처에 있는 작은 극장에서 조조할인으로 영화를 보고 있었다.

그런데 영화가 끝난 후 불이 켜졌을 때, 익숙한 목소리가 들렸다.

"영화도 끝났는데, 점심 먹을래?"

K였다. 이것이 두 번째 재회의 시작이었다.

두 번째 재회는 정선이 어학연수를 떠나는 바람에 길게 가지 못했다.

그리고 세 번째 만남은 서점에서 일어났다. 정선이 책을 집으려고 할 때

K의 손이 그 책을 잡았다.

"이런, 너도 이 책이 필요해? 책은 내가 양보할 테니까, 나하고 차 마실래?"

정선은 K에게 물었다.

"넌 왜 내가 가는 곳마다 나타나는 거지? 이래서는 너와 헤어질 수가 없잖아."

K는 솔직하게 털어놓기 시작했다.

카페에 나타났던 것은 그녀가 거기서 일한다는 사실을 알았기 때문이었다고.

또 극장에서 만났던 것도 우연이 아니었다고 말했다.

흩날리는
벚꽃
눈을
밟고
걸어가는 그대

그녀가 자신이 좋아하는 영화를 개봉 첫날 첫 회에 본다는 것을
알고 있었기 때문에 일부러 그 시간에 극장에 갔다는 것이다.
정선은 이야기를 듣고 난 후, 이렇게 물었다.
"그럼, 서점은? 그건 예측할 수 없었을 텐데?"
그러자 K가 대답했다.
"그것도 우연이 아니야. 내가 널 다시 만나게 해달라고
열심히 기도했거든."

연이어 일어나는 우연은
누군가의 필사적인 노력에 의한 것인지도 모릅니다.
만일 우연이 여러 번 겹쳐 일어난다면 사람들은
그것이 운명적인 것이라고 생각합니다.
따라서 운명은 만들어갈 수 있습니다.
열심히 노력해서 우연을 계획하면 됩니다.

그 사람만 생각하면, 그 사람이 당신에게 끌려갈 겁니다.

그것은 결코 당신 자신만을 위한 행동이 아닙니다.
그 사람은 당신의 한결같은 사랑 때문에 행복해질 테니까요.

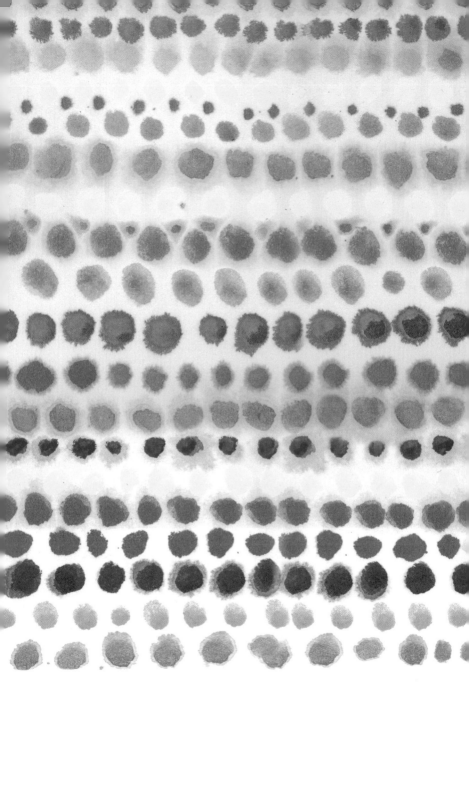

떡볶이 릴레이

"떡볶이나 먹으러 갈래?" 남자가 이렇게 물었다.
민정은 그 말을 듣고 속으로 이렇게 생각했다.
'남자가 왜 이렇게 떡볶이를 좋아할까. 특이하다, 특이해.'
그리고 겉으로는 이렇게 말했다.
"오빠도 떡볶이 좋아해? 나도 좋아해."
민정은 사실은 떡볶이를 별로 좋아하지는 않았지만
그 남자와 함께라면 떡볶이가 아니라 고춧가루라도
생으로 먹을 수 있을 것 같았다.
그때는 남자를 만난 지 한 달밖에 안 되었을 때였으니까.

세 달이 지났을 때, 또 남자가
"떡볶이 먹으러 갈래?" 하고 물었다.
그때 민정은 속으로 이렇게 생각했다.
'이 남자는 아마 옛날 여자 친구하고 매일 떡볶이 먹으러 다녔던 게 아닐까.
아니면 어떻게 이렇게 떡볶이를 좋아할 수가 있지?'
여자는 남자가 처음 만났을 무렵에, 우연히 옛날 여자친구 얘길 했던 걸
떠올리면서, 별다른 증거도 없이 그 남자의 옛 여자친구가 떡볶이 광이었다고
확신했다. 하지만 겉으로는 이렇게 말했다.
"떡볶이도 좋지만, 오랜만에 좀더 근사한 저녁을 먹고 싶어."
결국 두 사람은 또다시 떡볶이를 먹으러 갔다.

일 년이 지났다.
"우리, 떡볶이 먹으러 갈래?"

164

이번엔 민정이 이렇게 말했고, 옆에 서서 그 얘기를 듣고 있는 사람은
그녀의 새 남자친구였다. 그녀의 새 남자친구는 이렇게 말했다.
"난 떡볶이는 별로 안 좋아하는데."
그녀는 그 말을 듣고 이렇게 말했다.
"내 '여자'친구 중에 떡볶이 마니아가 있었어. 그 앤 밥 대신에 매일
떡볶이만 먹었는데, 나도 걔랑 같이 다니다보니까 떡볶이만 먹게 됐어.
요즘 통 안 먹었더니 떡볶이가 먹고 싶어. 먹으러 가자. 응?"
그녀의 설명이 어색할 정도로 길긴 했지만
잠시 후, 두 사람은 떡볶이 파는 포장마차 앞에 서 있었다.

초콜릿, 어떤 사람은 사랑을 떠올리고, 어떤 사람은 실연을 떠올리고
어떤 사람은 죄책감을 떠올립니다.
초콜릿, 최근에는 웰빙 바람을 타고, 쓴 맛이 잘 팔린다고 하죠.
카카오에 들어 있는 폴리페놀 성분이 노화를 늦춘다고 하고요.
결국 입에 쓴 맛이 몸엔 좋다는 뜻일까요?

사랑을 아는 사람은 사랑이 결코 달콤하지만은 않다는 것을 압니다.
사랑이 툭 뱉어버리고 싶을 만큼 쓰더라도 사랑을 미워하진 말아요.
입에는 쓴 것이 영혼에는 다니까요.

그녀의 구두는 아름다웠다

2012년, K는 휴대폰 중독에 걸렸다.

퇴근시간, 회사의 자동문을 나와 서울 한복판의 번화가로 나오면 퇴근하는
사람들의 무리가 K를 덮친다. 온 도시가 마치 세일 기간의 백화점 안처럼
부산스럽고 발을 보호하기 힘든 곳이 된다.

K는 다른 사람의 발에 깔리지 않기 위해, 또 새로 산 모카신을 보호하기 위해
인도의 가장자리 건물 쪽으로 붙어서 조용히 기다린다.

사람들의 무리가 지나가기를.

그렇게 한 시간 여를 서 있는 동안 마땅히 할 일이 없기 때문에
또 그의 손이 드물게도 마우스와 키보드로부터 벗어나 있기 때문에
K는 자연스럽게 휴대폰을 들었다.

K는 혼자 살고 있고 25세 이후로 여자친구는 필요 없다고 생각해왔다.
그래서 K가 전화를 거는 상대는 주로 6~7시경에 퇴근하는 친구들,
남자 혹은 여자들이다. 그들은 K가 전화를 걸면, 전화를 받기 위해 K처럼
퇴근자의 거대한 행렬에서 벗어나 인도 쪽으로 가서 조용히 건물 벽에
기대서 전화를 받는다. 보통 30분쯤 그렇게 얘기하고 다른 상대를 찾아
또 30분쯤 그렇게 얘기한 후, 전화를 끊는다.

만나자는 약속은 하지 않는다. 그들에게는 모든 사람들이 낯설다.

일 년이 지난 후 퇴근 시간마다 퇴근자의 거대한 행렬이 거의 모두
인도 쪽으로 붙어 전화를 하기 시작했다. 그들은 낮게 중얼거리며 무언가를
진지하게 털어놓고 있지만 결코 만나자는 약속을 하진 않는 듯이 보인다.
만날 약속을 하는데 30분 이상이 걸리진 않을 테니까.

166

K는 어느 날, 여느 때처럼 퇴근길에 길에 서서 전화를 하고 있었다.
그런데 K와 통화 중이었던 친구가
"지금 내 앞에 있는 횡단보도에 노란 유모차가 가고 있어. 너무 귀엽다."
하고 말했다.
K의 눈에도 횡단보도를 건너고 있는 그 노란 유모차가 보였다.
그는 통화 중인 그녀를 찾았다. 그녀는 바로 맞은편 길에 서 있었다.
그녀는 아름다운 구두를 신고 있었다.

편두통, 이성이 흐려진다, 시야가 흐려진다, 몸이 여원다, 불면증, 악몽,
이런 증상만 보면 영락없이 신경쇠약이죠.
이런 증세들이 평소에 나타나면 '나 이러다 죽는 거 아니야? 뇌종양인가?'
하고 걱정을 하지만 그것이 가슴을 태우는 사랑 때문이라는 걸
알고 있을 때는 오히려 이런 '증세'가 빨리 끝날까봐 걱정하게 됩니다.

두통이 사라지고 이성이 살아나고 시야가 또렷해지면
이제 사랑이 식어가고 있다는 뜻이니까요.

영원히 사랑하고 싶다면, 영원히 아플 수 있는 인내심이 필요합니다.

168

우리 5월의 골목을 산책할까요?

창문을 연 그녀, 쿵쿵거리며 냄새를 맡는다.
비릿한 냉 녹차 냄새가 난다. 그녀는 탄식한다.
"아~ 봄이로구나."
옷장을 열어 새봄맞이 꽃단장을 하고, 그녀는 문을 나선다.
봄바람이 그녀의 뺨에 닿자, 3초마다 리모컨을 눌러댄 TV처럼
호들갑스럽게 그녀의 지난 추억이 떠오른다.
7년 전 4월 어느 날, 목련이 팝콘처럼 피어올랐을 때
그가 그녀에게 찾아왔다.
"어릴 때 꿈에서 본 듯한 얼굴이군요."
그녀는 그와 손을 잡고 걸었던 4월의 골목을 잊지 못해
오늘도 천천히 산책을 한다. 그러다 개똥을 밟고 말았다.
"아니, 왜 개들은 화장실을 못 가리는 거야?"
화를 겨우 삭인 그녀는 친구와 만나기로 한 약속시간까지
지름신이라도 들린 듯 쇼핑을 하기 시작한다.
친구가 씩 웃으며 말한다.
"돈 좀 썼구나. 또 봄 타령이야?"
친구들은 그녀의 4월 병을 다 알고 있다.

4월만 되면 그녀는 시한부 생을 사는 비극의 여주인공처럼
다시는 4월이 오지 않을 것 같은 몽상에 빠진다.
"나 남자친구 소개시켜줘. 진짜야. 난 지금 당장 남자친구가 필요하다구."
그러면 친구들은 말했다.
"망할 것."

그녀는 눈물이 고일 것 같아 하품을 했다.

그리고 그 동안 그에게 느꼈던 불만들을 하나하나 떠올렸다

눈웃음이나 살살 치는 눈초리, 너무 심한 애교,

툭하면 선물이나 사주는 낭비벽,

팔목, 발목, 진짜 목, 온몸에 목이라곤 없는 독특한 체형 등

한번 단점을 생각하기 시작하니 어떻게 이런 인간을 사귀었나 싶다.

용기백배해진 그녀,

따르르르룽 몇 번의 신호가 가고 나자 그가 받는다.

"웬일이야? 무슨 일 있어?"

남자친구가 묻는다.

하나도 떨리지 않는다. 이건 그에게 감정이 식었다는 증거일 것이다.

"안 그래도 너한테 전화하려고 했어. 나 다음주에 한국에 돌아가.

널 더 이상 혼자 내버려두면 안 될 것 같아서 내가 일정을 앞당기기로 했어."

외국에 머물던 그녀의 남자친구는 그녀를 위해 일정을 포기하고

귀국 시기를 앞당긴다 말하고 있었다.

'나쁜 자식, 그럴 거면 진작 말해주지. 이렇게 일찍 올 줄 알았으면

헤어질 생각 같은 거 안 했을 거 아냐.'

그녀, 수화기에 대고 이렇게 속삭였다.

"우리 5월의 골목을 산책하자. 두 손 꼭 잡고서."

누구나 마음속에 판타지 랜드를 하나씩 갖고 있죠.

사춘기 시절, L의 판타지 랜드는 이런 것이었습니다.

야자수가 서 있는 해변, 노을로 온통 붉게 타오르는 곳,

두 눈의 수용한계를 넘어설 만큼 많고 많은 별빛.

시간이 흘러, 세상의 모든 섬을 다 다녀온 후

L은 오직 한 곳을 기억했습니다.

그는 이렇게 말했죠.

세계에서 가장 아름다운 밤하늘은 사랑하던 그 사람과

함께 보았던 밤하늘이었다고….

때로는 가장 진부한 문장이 진실을 말합니다.

그녀의 햄버거 먹는 방식 1_영진의 2초

보통 크기의 두 배가 되는 빅사이즈 햄버거를 먹기 위해서는
입을 꽤 크게 벌려야 한다.
베어먹을 때마다 입을 크게 벌리는 것이 귀찮다면
햄버거가 아직 포장되어 있는 상태일 때
그대로 꾹꾹 눌러서 납작하게 만들어두면 좋다.
영진은 이곳에서 혼자 햄버거 먹는 걸 좋아한다.
그 가게는 백화점으로 통하는 지하통로 입구에 있기 때문에
햄버거를 받아들고 자리에 앉으면 바로 마주한 유리벽을 통해,
에스컬레이터를 타고 내려오는 사람들을 자세히 볼 수 있다.
그는 그들을 관찰할 수 있지만
에스컬레이터에 있는 그들은 그를 보지 않기 때문에
그곳은 꽤 안전한 은신처가 된다.
영진이 또다시 한 입을 베어무는 동안
또 한 명의 여자가 에스컬레이터에서 막 내렸고
유리에 비친 영진의 모습은 2초쯤 늦어 있었다.

그곳에 앉아 햄버거를 먹으면
쌍둥이가 똑같은 빅 사이즈 햄버거를 박자까지 딱딱 맞춰가며 먹어도
서로 다른 생각을 할 수밖에 없다.
"사람들이 걸을 때는 무릎을 먼저 구부릴까,
아니면 발뒤꿈치가 먼저 땅에 닿을까, 넌 어떻게 생각하니?"
일 년 전 영진의 옆에 앉아 빅 사이즈 햄버거를 먹으며
에스컬레이터를 보고 있던 그녀가 그에게 이렇게 물었다.

그는 그 순간
'나는 에스컬레이터에 내려설 때마다 왼발을 먼저 내밀까, 아니면
오른발을 먼저 내밀까?' 하는 따위의 질문을 하고 있었다.
그녀는 잘 알고 있다는 듯 이렇게 대답했다.
"넌 왼발이 먼저 닿아."

지금 영진의 곁에는 그녀가 없다.
하지만 그녀가 가르쳐준 방식대로 빅사이즈 햄버거를 꾹꾹 눌러서 먹고
에스컬레이터에서 내리는 사람들을 자세히 관찰한다.
모든 건 그대로인데, 그녀만 없다.
375명이 내려왔다.
자리에서 일어났다.

그녀의 햄버거 먹는 방식 2_또 하나의 그녀

그녀가 자주 가는 백화점의 지하통로는 에스컬레이터를 타고
내려가게 되어 있는데, 에스컬레이터가 끝나는 곳에는
햄버거 가게가 하나 있다.
그 햄버거 가게의 벽은 유리로 되어 있기 때문에 에스컬레이터를 타고
내려가다 보면 햄버거 가게에 앉아 있는 사람들이 보인다.
그들은 주로 친구들과 어울려 즐거운 표정으로 햄버거를 먹고 있고
에스컬레이터 쪽은 쳐다보지도 않는다. 그 순간이 행복하기 때문이다.
진희는 혼자 에스컬레이터를 타고 내려가면서 그들을 관찰한다.
간혹 햄버거 안에 든 야채가 떨어지고, 컵 안에 든 콜라는 점점 줄어든다.

그날은 그녀가 에스컬레이터를 타고 내려가는 동안
그 남자가 햄버거 가게에 혼자 앉아 햄버거를 먹고 있었다.
그녀는 그를 클럽에서 몇 차례 만났고, 아는 사람의 소개를 통해
"안녕하세요" 하고 인사 정도는 나누는 사이가 되었다.
그러다가 홈페이지에 올린 그의 글을 읽었고, 그에 대해 조금 더 알게 되었다.
그는 일 년 전 여자친구와 그 자리에서 빅사이즈 햄버거를 베어물었었고
이제는 그녀의 흔적을 한 입 가득 베어물고 있는 것이다.
그의 홈페이지 게시판에는 이렇게 쓰여 있었다.
"내가 또다시 한 입을 베어무는 동안, 또 한 명의 여자가 에스컬레이터에서
막 내렸고 유리에 비친 내 모습은 2초쯤 늙어 있었다."
그가 만일 지금 그녀를 본다면, 그가 2초 정도 늙어갈 동안 에스컬레이터에서
막 내리는 한 여자로 기억될 것이다.
진희는 고개를 숙이고 햄버거 가게 쪽을 외면하며 지나갔다.

174

그 후 진희는 한 가지 버릇이 생겼다.

그 햄버거 가게에 가서 그가 앉아 있던 자리에 앉는 버릇.

그날도 그가 하는 것처럼, 빅사이즈 햄버거를 꾹꾹 눌러 납작하게 만든 후

한 입 베어 물고 에스컬레이터 쪽을 보고 있었다.

"거기 내 자리인데요."

어느 틈에 그가 와있었다. 그는 다 안다는 듯이 빙글빙글 웃고 있었다.

무슨 말이든 변명을 해야 할 것 같아서 망설이다가, 이렇게 말했다.

"안녕하세요."

사랑이고 뭐고 잠시 쉬고 싶을 때가 있죠. 한숨 돌리고 싶은 거예요.

그동안 전력질주를 해왔으니까. 주말에 늘어지게 낮잠만 자는 것마저

달콤할 수도 있어요. 그럴 때 누가 이렇게 말할 수도 있죠.

"너 그렇게 늘어져 있지 말고, 집밖으로 좀 나와 봐. 내가 소개팅 시켜줄까?"

순간, 이런 생각이 스쳐 지나갑니다. "그걸 어떻게 다시 시작하지?"

'처음 뵙겠습니다'로 시작해서 어린 시절 이야기를 하고

좋아하는 것과 싫어하는 것을 나누고, 다투고 다시 화해하고, 원하던 것을

조금씩 포기해가는 것, 나를 보며 점점 실망해가는 그 사람의 눈을 보는 것,

"그걸 또 어떻게 시작하지?"

하지만 염려하지 않아도 됩니다.

그 귀찮은 걸, 또 한 번 즐겁게 만드는 것이 사랑이거든요.

그가 그와 닮았다

놀랍게도, 그녀 앞에 서 있는 남자는 W를 쏙 빼닮았다.

W는 이미 2년 전에 헤어진, 하지만 아직도 잊지 못하는 남자였다.

그녀는 지금도 술에 취하면 W에게 문자메시지를 보낸다.

"우리가 언젠가는 다시 만날 거라고 믿어. 간절히 원하면 우주가 도와준대."

그러면 다음날 아침 그녀의 직장으로 전화가 왔다. W였다.

"속은 괜찮아? 해장은 든든하게 해."

헤어진 지 2년이나 지났는데, 이렇게 자상하게 챙겨준다.

그러니 도대체 잊을 수가 없는 것이다.

어쨌든 그녀의 앞에는 W를 쏙 빼닮은 남자가 사슴 같은 눈을 하고서

그녀를 빤히 쳐다본다. 그러더니 드디어 말을 건넨 것이다.

"그 사진은 언제 주실 건가요?"

그 남자는 이미 알고 있었던 것이다. 그녀가 몰래 그를 찍었다는 것을.

하지만 대범한 그녀는 당황하지 않았다.

"저와 스카이라운지에서 커피를 마신다면 그때 돌려드릴게요."

그래서 그녀는 처음 본 남자와 마주 앉아 그 남자의 휴대폰으로

자신이 찍은 사진을 전송했다.

우연히도 두 사람의 휴대폰은 기종이 같아서 적외선 통신으로 간단히

전송할 수 있었다. 남자는 그녀의 휴대폰을 보더니, 이렇게 말했다.

"집에 사용설명서가 있어요? 마침 내 휴대폰과 똑같은 것이네요.

저한테 좀 빌려주세요. 제가 잊어버려서 그만.

전 기계치라서 사용설명서가 있어야 해요."

그리하여 두 사람은 또 만나게 되었다.
남자는 사용설명서를 성실하게 공부해서 그녀에게 휴대폰에 있는
복잡하고 별로 필요도 없는 기능까지 세세히 가르쳐주었다.
그런 자상함마저 W를 닮았다. 처음으로 그녀는 W를 잊을 수 있었다.
왜냐하면 눈앞에 바로 W가 나타났으니까.

그녀는 남자에게 말했다.
"이번엔 당신에 대한 사용설명서를 저에게 주세요."

우리 자신에 대한 사용설명서를 써볼까요? 다음은 예문입니다.
하나, 저는 추운 겨울에는 동부이촌동에 있는 허름한 우동집에 가고 싶어 합니다.
　　　그곳으로 저를 안내하면, 제 마음을 움직일 수 있을 거예요.
둘,　제가 입을 다물고 아무 말도 하지 않을 때는,
　　　다른 이유가 있어서가 아니라 그냥 지쳐서 그런 것입니다.
　　　잠깐 내버려두면 저는 다시 말을 시작할 거예요.
셋,　포옹은 가장 훌륭한 대화라고 생각합니다.
　　　슬플 때, 힘들 때, 제가 사랑받고 있다는 느낌은 포옹으로 전해집니다.

지금 누군가가 생각난다면 1, 2, 3번을 써서 건네주면서 사랑한다고 말하세요.
내일은 사랑이 시작될 겁니다.

손을 흔들기만 하면 사랑이 대답한다

'저쪽에서 누군가 나를 향해 손을 흔든다.'
이 문장을 놓고 생각해본다. 그 사람은 왜 그랬을까.
물론 이 간단한 행위만 놓고 치밀한 심리분석을 할 순 없지만
적어도 이런 정도는 알 수 있을 것이다.
그 사람은 나를 반가워한다. 나에게 호감이 있다는 표시이다.
아니면 나에게 받을 게 있어서 '너 잘 걸렸다' 하고 있다.
하여간 어떤 이유에서건 나를 만난 것이 좋았기 때문에
저쪽에서 손을 흔든 것이다.
동수는 차를 타고 갈 때, 누군가 도로변에 서 있으면
항상 손을 들어 "안녕" 하고 인사를 한다.
모두 낯선 사람에게 인사를 해야 한다는 법률이
생긴다면 그가 제일가는 모범시민이 될 것이다.
또 사람들이 모두 동수 같은 습관이 있다면 세상이 훨씬 다정해질 것이다.
그런데 이 안녕맨 친구는 여자들에게만 손을 흔든다는 데 문제가 있었다.

이번엔 민수 얘기.
민수는 갑자기 들이닥친 친구들과 함께 집 앞에 있는 수퍼마켓에
먹을 것을 사러 갔다. 그런데 민수가 어디선가 걸려온 휴대폰을 받더니
갑자기 손을 흔드는 것이 아닌가.
그의 친구들은 민수한테 물었다.
"너 동수 친구지?"
그랬더니, 민수는 눈빛을 빛내며 방금 전에 걸려온 전화는
헤어진 여자친구한테서 온 것이라고 말하는 것이 아닌가.

그의 여자친구가 이렇게 말했다는 것이다.
"나 지금 너희 집 앞 카페에 있는데, 만일 네가 날 보고 싶다면
손을 흔들어줄래?"
누군가 내가 손을 흔들어주기를 기다린다. 사실이다.

사랑은 항상 곁에 있었다.

사람들이 움직이는 동선을 지도 위에 그려보는 거예요.
집, 학교, 직장, 음식점, 미용실, 백화점, 대형서점 등
자신이 자주 가는 장소들을 잇는 꼬불꼬불한 선이 만들어질 겁니다.
이 동선이 비슷하게 겹치는 경우가 많을수록
그 사람과 나는 만날 확률이 높아지고, 또 친해질 확률도 높아지겠죠.
그렇다면 사랑이란 선과 선이 만나는 곳,
인생행로의 교차로에서 출발하는 것 아닐까요.

그 사람의 발자국을 따라가세요.

비가 그친 후에도 당신을 사랑할 수 있을까요?

"다시는 사랑하지 않겠어"라고 중얼거리고 있을 때
마트에서 양념불고기 재료를 파는 청년이 그녀에게 이렇게 물었다.
"혼자 사세요?"
그녀가 그렇다고 대답하자 그 남자는 갑자기 불고기 조리법에 대해
일장 연설을 늘어놓기 시작했다.
그녀는 간간히 유머를 섞어가며 열심히 설명하는 그의 얼굴을 보았다.
그는 구애의 첫 단계인 남다른 친절을 보여주고 있었다.
그는 귀여웠지만 그에겐 무언가가 빠져 있었다.
정육점 직원이 "또 오세요" 하고 인사 했을 때
그녀는 "네" 하고 대답했지만
왠지 만남이 이어지지 않을 것 같은 생각이 들었다.
예감은 적중했다.
그녀는 그 다음주 월요일부터 사소한 일이 계기가 되어
채식주의자가 되고 말았다.
채식주의자와 정육점 직원 사이엔 넘을 수 없는 강이 있었다.
일단 채식주의자는 정육점에 갈 일이 없다.
그리고 정육점 직원에게 맛있는 불고기 만드는 법을 배울 필요도 없었다.
이를테면 그녀는 남자와 사귀려면 그와 자신 사이에 공통의 취향,
공통의 가치, 습관, 사고방식, 목표. 이런 것들이 필요하다고 생각했다.

그로부터 몇 달이 지나 그녀에게 한 남자가 나타났다.
그는 비가 내리던 날 밤, 병원 복도에서 책을 읽고 있었다.
그녀는 그를 처음 본 순간, 그의 우아한 겉모습 이면에 숨어 있는

빗방울

고통과 상처를 보았다.

그녀가 그에게서 본 것은 자신과 비슷한 종류의 아픔이었다.

처음엔 비가 내리기 때문이라고 생각했다. 비가 올 때 우산을 같이 쓴 사람은

세상에서 가장 가까운 사람이 된다는 말이 있으니까.

그녀는 그에게 다가가 이렇게 말했다.

"비가 그친 후에도 당신을 사랑할 수 있을까요?"

빗소리 빗소디

빗방울

"이상하다, 분명 처음 만난 사람인데,

저 사람과 나 사이에는 뭔가가 있는 것 같아."

이런 느낌을 받아본 적 있을 겁니다.

이런 상상을 해보면 어떨까요. 사람마다 몸에 자석을 붙이고 있고

어떤 사람은 양극, 또 어떤 사람은 음극을 가지고 있어서

서로 잡아당기는 거라고요. 그런데 그 자석이 성능이 너무 좋아서

서로 잠시도 떨어질 수 없다면 그것도 큰일이겠네요.

우선, 서로 못 볼 것까지 얼마나 많이 보겠어요.

그래서 언젠가는 둘 다 지쳐가겠죠.

자석은 너무 강력하지 않은 걸로 고르세요.

단, 그렇게 할 수만 있다면요.

Famous Blue Raincoat를 들으면서 읽으세요

사랑에 빠진 그와 그녀는 아무리 먼 곳에 떨어져 있어도
하나로 이어져 있다고 생각한다. '마치 보이지 않는 탯줄 같은 것이
두 사람을 이어주고 있다' 적어도 둘은 그렇게 믿는다.
헤어진 후에도 한참은 그 줄이 존재함을 생생하게 느낀다.
시간이 흐른 후, 문득 연인의 탯줄이 느껴지지 않을 때
그때 그는 실연한 것이다. 실연당한 남자들이 갈 곳은 어디인가.
그곳은 바로 실.연.클.럽.

남자1이 말했다.
"전 이 노래를 들으면 헤어진 여자친구가 생각나요.
그녀는 날 만날 때마다 항상 귀가 아프다고 했어요."
상담사가 물었다.
"그래서요? 이비인후과엔 가봤습니까?"
남자1이 말했다.
"아뇨. 나중에 제가 물어봤어요. 넌 왜 귀가 매일 아프냐고.
그랬더니 자긴 남자와 헤어질 때가 되면 귀가 아프다고 하더군요."
상담사가 물었다.
"그 여자분, 전화번호가 어떻게 되죠?"
남자1이 물었다.
"왜요?"
상담사는 미소를 지었다.
"그 여자분, 치료가 필요합니다."

그는 일주일에 한 번 실연클럽에 간다. 그곳에 가면 그는 혼자가 아니다.
이 세상에 버림받은 사람이 자신만은 아닌 것이다.
하지만 아파트로 돌아오면 그는 다시 모든 걸 잊고 자신 안에 잠긴다.
초인종 소리가 울린다.
누군가가 그를 찾아왔지만, 그는 한 가지만 생각하고 있었다.
지구의 중심에까지 이르는 깊은 터널을 뚫고 그 안에 숨는 방법에 대해⋯.

다음날 그가 눈을 떴을 때, 그의 눈앞에는 푸른색 코트가 있었다.
그것은 약간 낡아보였지만, 여전히 아름다운 코발트빛 코트였다.
코트를 입어보았다.
그러자 오랜만에 밖으로 나가고 싶어졌다.
그는 거리를 걸었다. 익숙한 그 거리.
그녀와 항상 함께 걷던 집 앞 골목길. 그녀와 항상 밥을 먹던 동네 족발집.
그런데 저 앞에서 누군가 걸어오고 있다. 바로 그녀였다.
그녀가 그를 향해 오고 있다. 그녀가 다가오고 있다.
남자1은 혼잣말을 했다.
"내 부탁을 한 가지만 들어줘. 제발, 나를 보고 한 번만 웃어줘.
웃기가 힘들다면 그냥 외면하지만 말아줘.
날 봤다는 표시라도 해줘. 찡그려도 좋아."
10미터, 9미터, 8미터, 7미터, 6, 5, 4, 3, 2, 1, 0
그녀는 그를 스쳐 지나간다. 마치 아무도 없다는 듯이⋯.
동네 아이들이 지나가다가 그의 몸에 부딪혔다.
마치 아무것도 못 봤다는 듯, 놀라는 표정이었다.

그는 그때서야 깨달았다.

푸른 코트를 입으면 자신이 보이지 않는다는 것을.

남자1은 중얼거렸다.

"그녀가 날 못 본 척했던 게 아니었구나.

그렇다면 그녀는 우리가 매일 같이 걸었던 이 길에 일부러 다시 왔던 거야.

날 기억하기 위해서. 어쩌면 매일 왔을지도 몰라."

몇 달이 흘렀다.

그는 그녀의 뒤를 쫓아다녔다.

그녀는 그와 같이 다녔던 카페와 미술관과 찻집과 식당을 순례하듯

다니고 있었다. 그녀는 여전히 그를 사랑하고 있었던 것이다.

그때 코트의 주인이 나타났다.

그는 코트의 주인을 보자마자 그가 코트의 주인이라는 것을 알았다.

코트의 주인이 말했다.

"당신은 피곤하지 않죠? 타인의 시선을 의식하지 않아도 될 때는

피로해지지 않습니다. 이 코트는 대피소 같은 거예요.

사람은 자신의 킬러와 함께 태어나거든요.

그 킬러가 다가오면, 이 코트 속으로 숨는 거죠."

그는 남자1에게 물었다.

"그녀가 힘들어 하는 모습을 보니까 마음이 풀리던가요?"

남자 1은 말했다.

"전 이제 이 코트가 필요 없어요. 이걸 돌려드리겠습니다.

내가 무엇을 원하는지, 내 인생에서 가장 중요한 것이 무엇인지

알게 되었거든요. 나는 그녀를 사랑합니다."
남자1은 코트의 주인에게 코트를 주고는,
그녀의 집 앞으로 걸어갔다.
그녀는 늘 그 시간에 하던 대로 2층 창가에서 피아노를 치고 있었다.
게다가 오늘도 여전히 똑같은 곳에서 음을 잘못 짚고 있었다.
모든 것이 그가 돌아오기를 기다리며
그대로 있었다.

내 눈에 눈물이 흐르는 것은
당신 또한 나를 생각하기 때문입니다.
그 사람을 생각하면 솥뚜껑 같은 손이 먼저 떠오를 수도 있고,
기나긴 허리가 떠오를 수도 있고, 젓가락질을 제대로 못해서
콩자반 먹을 때마다 상 위를 콩밭으로 만들던 장면이 떠오를 수도 있죠.
추억의 포인트는 반드시 예쁘고 멋진 것만은 아니니까요.
하지만 문득, 그 모든 것들이 못 견디게 보고 싶어질 때,
그때가 당신이 유턴을 해야 할 순간입니다.

누군가는 뒤를 돌아 그 사람에게 돌아가야 합니다.

아직 못다 한 이야기

우리는 왜 그토록 운명에 연연하는 걸까요. 간단히 말할게요. 그 사람과 함께 있을 때 같이 날 수 있는 사람이 운명적인 상대입니다. 서울 전자 음악단의 사이키델릭한 노래의 가사에서 빌려온 말이지만.
하지만 날지 못했다고 좌절하지는 말아요. 깃털처럼 가볍게 날아오르는 기분이 들지 않는다고 해서 그 사람이 운명적인 상대가 아니라는 건 아니니까요. 많은 사람들이 사랑에 서툴러, 정확히 말하면 사랑을 무서워하여 완벽한 상대를 보고도 놓칩니다.

운명적인 사랑은 상대의 문제이기 전에, 자신의 태도 문제입니다. 사랑에 빠질 준비가 되어 있느냐는 거죠. 만일 당신이 운명적인 사랑에 빠질 타이밍에 있다면, 당신 앞에 있는 남자가 근육은 하나도 없고 물살로 출렁이는 배를 갖고 있어도 그 사람을 진심으로 사랑하게 될 거예요.

나는 운명론자는 아니지만, 우연의 비둘기가 필연의 종을 울릴 때 사랑이 시작된다는 옛 소설가의 말을 믿습니다. 우연히 타이밍이 맞는다는 건, 그 사람과 필연적인 관계라는 거니까요. '폴 오스터'의 에세이집에는 이런 장면이 나오죠. 한 남자가 희귀본 책을 구하기 위해 죽도록 노력했지만 도저히 구할 수 없었다는 거예요. 그런데 어느 날 우연히 그 책을 들고 있는 여자를 만난 겁니다. 그 남자가 다가가서 그 책을 어디서 구할 수 있냐고 물었죠. 그러자 그 여자는 이렇게 말했어요.

"당신에게 줄게요. 난 다 읽었어요.
당신에게 이 책을 주기 위해 난 여기 온 거예요."
로맨틱하죠? 스쳐 지나가는 우연한 만남이 기적 같은 필연이 되는 순간,
진실한 사랑이 깃드는 겁니다.

하지만 당신이 사랑 앞에서 두려워 벌벌 떤다고 해서 사랑을 할 자격이 없는 건
아닙니다. 우리가 위대할 수 있는 것은 우리가 두려워하는 것을 이겨낼 수 있기
때문이거든요.

잘 생각해보세요. 사람은 견딜 수 없는 것을 견뎌낼 때 성장해갑니다. 당신도 그
랬을 거예요. 당신이 어린 시절에 입은 어떤 트라우마가 당신의 성숙한 사랑을
방해하고 당신을 끝없는 불안과 망설임 속으로 몰아간다고 해도 그것이 곧 끝
은 아닙니다. 사랑은 자존심과 열정 사이를 왔다갔다하는 지옥의 롤러코스터가
아니거든요.

우리는 자신에게 던져진 원죄인 그 몹쓸 트라우마와 싸울 수 있어요. 그리고 우
리는 반복되는 실패와 자기 연민의 악순환 끝에, 어쩌면 트라우마를 극복해서
정신적인 성장을 이뤄낼지도 모릅니다. 왜 우리들이 사랑 앞에서 항상 힘들었을
까요? 그건 더 큰 사랑을 배우기 위해서일 거예요.

사랑은 빛과 같아서 그것에 빠져 있는 동안에는 세상을 컬러풀하게 만들죠. 모든 것이 숨 막힐 정도로 생생해요. 그리고 사랑이 사라지면 빛도 사라져 모든 것이 모노톤으로 변하고 말죠.

하지만 잊지 마세요.
잠시 컬러 TV를 흑백 TV로 바꾸었다고 해서
모든 것이 사라지는 건 아니라는 걸요.

언제나 저는 사랑하는 사람들에게 용기를 불어넣어주고 싶었어요.

가슴에 손을 얹고 말하건대, 전 영원한 사랑을 믿거든요.

많은 사람들이

사랑을 믿지 않는다고 말하지만,

또다시 사랑이 다가오면…

사랑할 수밖에 없습니다.